講談社文庫

神の時空《とき》　前紀

—女神の功罪—

高田崇史

講談社

凡《おおよ》そこの国は、
汝命《いましみこと》の御腹《みはら》に坐《いま》す
御子《みこ》の知らさむ国ぞ

『古事記』

神の時空《とき》 前紀

―女神の功罪―

プロローグ

福来俊夫《ふくらいとしお》は、左手斜め前の窓一杯に広がる、若狭湾《わかさ》の青く輝く海を眺《なが》めていた。ゆらりゆらりと大きくうねる波は、長い歴史を抱えるここ丹後国《たんご》の揺籃《ゆりかご》のようだ――。

京都府与謝郡伊根町本庄浜《よさいねちようほんじようはま》。

天橋立《あまのはしだて》を付け根に持つ丹後半島の北東に鎮座《ちんざ》する浦嶋《うらしま》神社から、丹後国一の宮・籠《この》神社へと、小型観光バスは快調に飛ばしていた。

浦嶋子《うらのしまこ》――浦嶋太郎を祀《まつ》る浦嶋神社は、『延喜式神名帳《じんみよう》』によると、別名を「宇良《うらの》神社《かむやしろ》」。相殿《あいどの》には、なぜか月読命《つくよみ》と、祓戸《はらえど》大神が祀られている。

創祀《そうし》年代は、第五十三代・淳和天皇《じゅんなてんのう》の天長《てんちよう》二年（八二五）、浦嶋子を筒川《つつかわ》大明神として祀る、と由緒書きにあった。しかし、浦嶋子自身に関する歴史はもっと古く、第二十一代・雄略《ゆうりやく》天皇二十二年（四七八）七月七日に、美しい乙女と共に常世《とこよ》の国へ行き、その後三百四十七年の時を経《へ》て戻って来たとされている。この話を耳にした淳和天皇が、参議・小野岑守《おののみねもり》の長男である小野篁《たかむら》を勅使として遣わし、この地に宮殿を建立して、大明神に鎮座していただいたのだという。

俊夫は、たった今、そんな浦嶋神社に行って来た。國學院《こくがくいん》大學教授・潮田誠《うしおだまこと》主催による、フィールドワークとして、総勢十数人の、こぢんまりとしたツアーだ。参加者は、俊夫たちのような熟年の夫婦が数組。小難しそうな顔で何やら書き物をしている作家のような男性。潮田を取材に来ているかのような若い女性。あとは、自営業らしき男性や、潮田の助手としての大学生だった。

参加者全員が、アカデミズムの異端児と自他共に認める、潮田の著作を読み込んでいる強者《つわもの》たちだ。

というのも今回は、潮田の最新の著作に折り込まれていたアンケートに答え、尚且《なおか》つ自分の意見も書き込んだ応募用紙を送り、それにいちいち潮田自身が目を通して選ぶ、という念の入ったツアーだったからだ。ゆえに、ここにはかなりマニアックな人間が集合していることは間違いなかった。そこに俊夫たち夫婦も、東京から参加することになったのである。

ツアーのテーマは、潮田が一貫して追い求めている、古代史の真実。特に天橋立ということで、饒速日命《にぎはやひのみこと》や天照大神《あまてらすおおみかみ》が中心となっている。

浦嶋神社を見学したのも、その一環だった。

浦嶋太郎は単なる伝説上の人物というだけでなく、五世紀から九世紀に実在していたとされている人物で、『丹後国風土記逸文』にも、

「与謝の郡《こおり》、日置《ひおき》の里、この里に筒川の村あり。ここの人夫《たみ》日下部首等《くさかべのおびとら》が先祖は、名を筒川の嶋子といひき。（中略）こはいはゆる水江《みずのえ》の浦の嶋子といふ者なり」

と紹介され、続けて、いわゆる「浦島太郎伝説」が詳しく記されているのである。

また、浦嶋太郎は日本史上では、海神《わだつみ》である鹽土老翁神《しおつちのおじ》や住吉《すみよし》三神、猿田彦《さるたひこ》大神、はては素戔嗚尊《すさのおのみこと》から武内宿禰《たけしうちのすくね》にまで比定されている。

そして、この時に太郎と共に常世の国に行った乙女は、龍神の娘であり、大分県・宇佐《うさ》神宮や広島県・嚴島《いつくしま》神社の主祭神でもある市杵嶋姫命《いちきしまひめ》、あるいは、それこそ天照大神であるとも考えられる——というのが、潮田の持論だった。

なかなか突飛な論だ。それゆえに、アカデミズムからは無視され続けている。

だが、たった今確認してきたように、浦嶋神社の神徳が、

「縁結、長寿、漁業、航海、農業、牛馬、養蚕」

なのであれば、これらは全て、牛頭天王《ごずてんのう》である素戔嗚尊や、養蚕の神である天照大神に結びつく。こうして実地に足を運ぶと、資料集などだけでは分からない、さまざ

まなことに気づかされるものだ。

また今回は、神社と併設されている宝物資料室で、実際に重要文化財の「浦嶋明神縁起絵巻」や、「玉手箱」（！）を間近に眺めながら、宮司が詳しい説明をしてくれた。しかも、特別丁寧に話してくれたようで、気がついたら、あっという間に三十分ほども経《た》ってしまっていた。

人の良さそうな宮司の顔を思い出しながら、俊夫が運転席のすぐ後ろの席で微笑《ほほえ》んでいた、その時。

片側一車線の反対車線を走ってくる乗用車が、左右に大きく揺れた。そして、そのままセンターラインを越えて、俊夫たちの乗ったバスに向かって突っ込んでくる！

「あっ」

俊夫は思わず声を上げて、腰を浮かす。ぶつけられたら大変だ。バスの左側は海しかない。

運転手は急ブレーキをかけると、ギリギリまでハンドルを切る。バスは車体を大きく揺らすと同時に、ドン！　という激しい衝撃を受けた。誰もが悲鳴と共に、座席にしがみつく。バスは必死に体勢を立て直して、踏ん張った。このまま落下しては、たまらない。若狭湾へ一直線だ。

その時、何と運転手がハンドルの上に突っ伏してしまった。

ショックで心臓発作でも起こしたのか!

と思う間もなく、最前列に座っていた潮田教授が、顔を引きつらせて運転席へ飛び込んだ。その背後から、助手の学生も飛びつく。

「教授っ」

混乱した頭のままで、俊夫は叫んだ。

大丈夫ですか——。

と問いかけたかったのだが、バスはそのままの勢いで、海側のガードレールを越えた。そして再び悲鳴が車内を埋め尽くすと、何度も横転を繰り返しながら、若狭湾へと落下して行った。

1

昼なお暗い竹林を背にして建つ古色蒼然《こしよくそうぜん》たる小さなお堂を取り囲むようにして、人の背丈《せたけ》ほどもあろうかという雑草が、まだ冷たい春風に揺れていた。

お堂をぐるりと取り囲んでいる回廊を、背中まで届く長い艶《つや》やかな黒髪を風になびかせながら、磯笛《いそぶえ》は歩く。

一歩ずつ足を降ろした際に軋《きし》む木の板の音と、時折、草むらを吹き抜けて行く風の音しか聞こえない。その他の余分な雑音は、全てあの竹林が吸い取り、深い闇《やみ》の中へと持ち去ってしまっているかのようだった。

徐々に伽羅《きやら》の香りが強くなる。

最後の角を曲がると、磯笛はお堂の正面に正座した。透き通るような白い頬《ほお》を、緊張の汗が一筋流れ落ちる。しかし磯笛はそれを拭おうともせず、ぴたりと美しく正座していた。

その耳に、

「ナウボウ・バキャバテイ・バンセイジャ・グロ・バイチョリヤ・ハラバア・ランジ

ヤヤ・タタギャタヤ・アラカテイ・サンミャク・サンボダヤ・カニャタ・オン・バイセイゼイ――」

草むらを渡る風に乗って、頂上光明真言を唱える低く重い声が届いた。

どれほど時が経ったろうか。やがてその真言が止《や》むと、

「磯笛か」

お堂の中から、やはり重厚な声が聞こえた。高村皇《たかむらすめろぎ》。磯笛が命を懸けて仕えている男。

「はっ」

磯笛の心臓がドクンと波打ち、そのまま深く平伏する。長い黒髪が、サラリと回廊に触れた。

「磯笛」高村は、言う。「おまえに頼みたいことがある」

「何なりと」

「少々、血を見ざるを得ないが」

「御意《ぎょい》のままに」

「では、こちらに来い」

「はっ」

磯笛は静かに立ち上がると、お堂の中に足を踏み入れた。焚《た》き込められている伽羅の香りのせいだけではなく、外とは比較にならぬほど空気が張りつめている。厳しい結界が張られているのだ。下手に手を伸ばせば、指を切り落とされてしまうほどの。

磯笛が高村の左後方に正座すると、高村は振り向きもせずに言った。

「少し面倒な人物がいる」

それは、潮田誠という大学教授だという。あと、彼の周りに群がっている人間も。

「そこで――」

高村は少しだけ振り向く。端正な鼻筋と、長い睫《まつげ》が見えた。その美しさに心を奪われながら、磯笛は話を聞いていたが、徐々に緊張感で体が硬くなるのを感じた。

「おまえの手下に」高村は低く言った。「うってつけのモノがいるはず。できるか」

「御意のままに」

磯笛は、再び深く平伏する。そして口を開いた。

「一つ、お尋ねが」

「何だ」

「高村さまほどのお方が、何故そのような老いぼれた大学教授などを?」

一瞬の時が流れ、高村が尋ね返した。

「説明がいるか」

「い、いいえ！」磯笛はあわてて返答する。「仰せの通りに。即座に思い当たりませんでしたもので、申し訳ございませんでした」

「では、行《ゆ》け」

そう言うと高村は、衣擦《きぬず》れの音高く正面に向き直った。そして再び、

「ナウボウ・バギャバテイ・ウシュニシャヤ・オン・ロロ・ソボロ・ジンバラ・チシュタ――」

真言を唱え始めた。

そこで磯笛は、

「失礼いたします」

もう一度深々と平伏すると立ち上がり、静かに回廊へと出た。そしてゆっくりと歩き始めたが、やはり先ほどの理由が気にかかる。

もっと不思議なのは、潮田本人はまだ生かしておけという命令だった……。

いや、これも後でゆっくり考えれば良い。今はただ、高村皇の命令通りに動くだけのことだ。

磯笛は歩きながら、草むらに向かって声をかける。

「聞いていただろう、白夜《びゃくや》。おまえの出番よ」

するとと草むらの中から、

「ケン……」

という声が聞こえた。

磯笛は、目を細めて語りかける。

「嬉《うれ》しいわね。高村さま直々《じきじき》のご命令よ。私も、身震いするほど喜んでいる。おまえも思う存分、人間どもの生き血をすすると良いわ」

すると、その声に草むらが大きく揺れ、

「ケン……」

甲高《かんだか》い声が、辺り一面に響き渡った。

＊

永田《ながた》遼子《りょうこ》は、國學院大學文学部、潮田誠教授研究室のドアを開けた。

今日もまた昨日と同じく、地道に文献を当たる一日が始まる。

「おはようござ――」と挨拶《あいさつ》しかけた遼子は、その大きな目を見張った。

普段はたまに咳払《せきばら》いが聞こえる程度の、物静かな研究室が騒然として、しかも毎朝、誰よりも早く出勤しているはずの潮田教授の姿も見えない。

何が起こったのだ？

ここ潮田研究室は、この大学内でも少し変わった位置づけにある。というのも潮田は、自分の専門である日本史だけではなく、民俗学や、果ては神道の歴史などに関しても、かなり大胆に足を踏み込んで、世間一般の常識とはかけ離れた自説論文を、次々に発表しているからだ。

そのため潮田は、各界はもちろん、この大学でも非常に煙たがられている。彼を良く知らない世間の人々からすると、潮田は危険思想の持ち主なのではないか、とまで噂されていたが、当の潮田教授は、そんな批判や酷評などものともせず、次々と斬新《ざんしん》な論文を発表している。それがまた更に、その分野の教授や学者たちの反感をあおっているのだった。

だが今日は、当事者の潮田もいない——。

遼子は、口角泡《あわ》を飛ばして同僚と喋《しゃべ》っている、二年先輩の助手・藤本由起子《ふじもとゆきこ》をつかまえると、改めて「おはようございます」と挨拶しながら、

「何があったんですか？」

と尋《たず》ねた。すると由起子は、

「ああ、おはよう」目が泳いだままで、遼子を見た。「大変なのよ。広岡《ひろおか》さんがね！」

「広岡さんが……どうかされたんですか？」

広岡哲《てつ》は、潮田からも非常に目をかけてもらっている、この研究室付きの講師だ。とても仕事熱心で、准教授も時間の問題だろうといわれていた。

尋ねる遼子に向かって、

「亡くなっちゃったの！」遼子は、思いきり眉根《まゆね》を寄せた。「それで今、教授が警察に呼ばれてるの」

「えっ。警察って――」

「だから大変なのよ」

と言って由起子は、震える声で説明を始めた。

いつものように今朝も、道を挟んで建っている氷川《ひかわ》神社の境内《けいだい》を横切って、大学庶務の中川《なかがわ》さんが通勤してきた。このルートは、多くの学生や職員が取っている。すると、境内の草むらに誰かが倒れていた。近寄ってみると、何と、潮田研究室の広岡ではないか。更に、広岡の喉《のど》の辺りには大きな血溜《ちだ》まりができている。腰を抜かしそうになった中川は、大慌てで警察に連絡した――。

「それで」と由起子は言う。「警察の調べによると、何か凶暴な獣《けもの》に喉元を食い破られたようだって」

「出勤途中で？」

「そうよ。というのも、今朝一番で神職が境内を掃除している。その時は何もなかったと証言しているから」

でも！　と思わず遼子は叫んでしまった。

「凶暴な獣って。この渋谷《しぶや》区にいるんですか！」

「だから」と由起子は青ざめた顔で続けた。「今、大騒ぎになってるの。もしかすると、その獣がこのキャンパス内に逃げ込んでいる可能性もあるからって」

その言葉に、遼子の背中を冷たいものが走る。

そんな、人間を襲う獣——野良犬だろうか。それとも他の何かが、うろうろしていたかも知れない場所を、たった今、自分も歩いて出勤してきたのだ。どこか草むらの中から、遼子の姿をじっと見つめていたかも知れない。

「そ、それで」遼子は、勢い込んで尋ねる。「その獣の正体は、分かったんですか」

「まだみたい。多分、そんな話も警察と教授、そして職員がしているんじゃないかな——」由起子は、肩を落として首を振った。「でも、どちらにしても今日は、キャンパス内でも、また帰る時も充分に注意してくださいって、警察の人が言ってた。ちなみに、氷川神社は立ち入り禁止」

言われるまでもなく、近づきたくない。

今日は午前中の教授のコマがないのが不幸中の幸いだったが、遼子や由起子たちは半ば上の空のまま、片づけなくてはならない仕事や研究に従事していた。

重苦しい雰囲気に包まれたまま、お昼近くなった頃、ドアが静かに開いて青ざめた顔の潮田が戻って来た。

「教授！」

研究室にいた全員が、ほぼ同時に声をかける。すると潮田は、

「ああ……」

とだけ、溜《た》め息《いき》とも返事ともとれない言葉を発すると、薄くなったロマンスグレーの髪を撫《な》でつけながら、自分の机の前にドッカリと腰を下ろした。遼子は、急いで教授愛用のマグカップにコーヒーを淹《い》れて持って行く。潮田は、毎日このカップでコーヒーを五、六杯飲むのだった。

「ありがとう」潮田は眼鏡《めがね》を外すと、チーフで拭《ぬぐ》った。「今回は、まいった」

珍しく——というより、遼子が初めて聞くような力のない口調で呟《つぶや》くように言う

と、潮田はコーヒーに口をつけた。そして、固唾《かたず》を呑《の》んで待っている遼子たちに向かって、警察の事情聴取の話や、広岡の事件に関する情報を端的に伝えた。

「それで！」潮田が話し終わると、由起子が身を乗り出した。「哲さんを襲ったという獣に関して、何か分かりましたか？」

うん、と潮田は大きく嘆息する。

「やはり、野犬ではないかと警察は言っていた。今も、鑑識の人たちが現場を詳しく調べているようだがね」

「でも！　この辺りで野良犬なんて、一度も見かけたことはありませんよ」

「昔は、たくさん彷徨《うろつ》いていたがね」潮田は苦笑する。「確かに最近は、たまに野良猫の姿を目にするくらいで、野良犬は見かけないな。それが良いことなのか悪いことなのかは分からんが」

「どこかの家の飼い犬が逃げ出したとか？　以前にも、そんなニュースが流れてましたよね。その時は確か、土佐犬だったか、ドーベルマンだったか……」

「それで警察は」と潮田はつけ加えた。「ひょっとすると、動物園から逃亡した狼《おおかみ》などの可能性もあるとして、近隣の園に連絡を取っているようだ」

「狼！」

「まさか遠路、秩父《ちちぶ》からやって来たわけではないだろうが」

潮田は、わざと言って力なく微笑んだ。秩父の三峯《みつみね》神社の神使は、日本では珍しい「狼」だからだ。

「まあ、それほどまでに凶暴な獣だったということだろう」潮田は、コーヒーを飲み干した。「とにかく、これから広岡くんのご家族とも連絡を取らなくてはならないし、警察もまだ私に訊《き》きたいことがあるらしい。ということで、今日は解散しよう。講義も休講にしたから、きみたちも、自分の研究を続けていても良いし、帰宅してもいい」

「教授は？」

「私は」由起子の質問に、潮田は微《かす》かに視線を逸《そ》らせた。「どのみち、まだ大学を離れられないだろうから、ここにいる。それに今、少し考えていることがあるからね。申し訳ないが、ちょっと一人になりたい」

どことなく含みを持たせたその言葉で、遼子たちは全員、研究室を出た。

由起子たちとも別れて廊下を歩いていると、携帯が鳴った。

ディスプレイに目を落とすと、加藤範夫《かとうのりお》からだった。範夫は文学部二年生で、遼子とはとても話が合う。というのも範夫は、潮田の著作の熱心な愛読者であり、大ファンであることを公言していた。実家が京都であるにもかかわらず、いずれ潮田の研究室に入りたいといって、わざわざ東京の國學院大學文学部に入学したほどだ。

但し、遼子とは、特別な関係というわけではない。たまに二人で飲みに出かけて、そこでも大学の話や、歴史の話や、民俗学の話などを延々とかわしているという程度の仲だった。

遼子は、すぐに応答する。やはり広岡の事件を耳にしたようで、範夫は矢継ぎ早に質問してきた。遼子も自分の知っている限りの情報を伝えた。その話が一段落すると、範夫が尋ねてきた。

「遼子さんは、今日これからどうされますか？」

「図書館へ行こうと思ってる」

「もちろん、大学の？」

「そう。今帰るのも何だか恐《こわ》いし、少し調べたいこともあるし」

「じゃあ、ぼくも行ってもいいですか？」

「それは構わないけど……。授業は？」

「今日は、選択科目ばかりなので。それで、何を調べるんですか」

「潮田教授が、この間変なことをおっしゃっていたから、それに関して」

「変なことというのは？」

「相変わらず色々なクレームが届いていたんだけど、その中に、神功皇后には手を出すな。研究室が災厄に見舞われる、というようなことが書かれた手紙があったの」

「神功皇后？」

「しかも教授は、ちょうどその辺りを調べていた。だからおそらく、亡くなった広岡さんも調べていたはず。それで教授も、今回の事件に関して酷《ひど》くショックを受けた。だから、おこがましいようだけど、私も何か少しでも力になれないかと思って」

「そういうことならば、すぐに行きます」

範夫は、唐突に電話を切った。

今日は一人でいるのも心が落ち着かないし、範夫とならば、これから遼子が調べようとしている分野の話も、じっくりとできるかも知れない。

遼子は携帯をしまうと、ゆっくりと図書館へ向かった。明治十五年（一八八二）に「文庫」として建設され、今や優に百万冊を超える蔵書を抱え、しかも次々とデータベース化されているという、大学自慢の図書館だ。

と、その時。

キャンパスの隅《すみ》、深い緑の中に、チラリと白い影が見えた。しかし、「何だろう」と思う間もなく、遼子の視界から消え去ってしまった。一瞬、例の「野犬」かとも思ったが、白い野犬や狼も滅多《めった》にいないと思い、遼子は首を振る。

きっと、いつものあれだ——。

こんな話は、余程仲の良い友人にしか伝えていないのだが、遼子はたまにこうやって「見える」ことがあるのだ。

おそらくは、この世のものではないモノ、が。

これは、もう亡くなった祖母、花《はな》の血を引いているせいだろうと思っている。祖母の花は大阪出身で、若かった頃には住吉大社《すみよしたいしゃ》の巫女《みこ》をずっと務めていた。そしてそこで、何度も変な「モノ」を見たと遼子に話していた。

しかし、周囲には余り信用されなかったようで、花も他人には殆《ほとん》どそんな話をしなかったが、ある日、花と二人で出かけた羽田《はねだ》の穴守稲荷《あなもりいなり》神社で、

「おや。あそこにもいるね」

と指差した場所に、何やらぼんやりと白い影が見えたのだ。その時は、何なのかは分からなかったが、遼子は「うん」と頷いた。

花が他界してから、そんな傾向が段々強くなってきた気がしている。これもまた、

亡くなった花のなせる業なのか……。

図書館に入ると、長身の範夫の姿が入り口に見えた。走ってやって来たらしく、額にうっすらと汗が光っている。まだ初夏には遠いというのに、もう陽に焼けているのは、範夫の所属している陸上競技部の春合宿でしごかれたせいだろう。陸上競技部は来年も、箱根駅伝入賞を狙《ねら》っている。

遼子の姿を見つけた範夫は、再び広岡のことを尋ねてくる。しかし遼子も、さっき話した以上のことは知らない。

「そうですか……」範夫は、顔を曇らせた。「でも、野犬か狼かなんて信じられないな。早く捕まるといいんだけど……。遼子さん、調べ物が終わったら、一緒に帰りましょう」

「うん」

遼子は頷く。それは、遼子からもお願いしたい提案だった。あんな話を聞いた後で、一人で渋谷駅まで歩けない。いや、バスに乗るにしても、並んで待っていることさえ恐ろしい。

「それで」と範夫は言う。「潮田教授がおっしゃっていた話ですけど、具体的には？」

「それがね」遼子は範夫に近づくと耳打ちした。「かなりマズイ分野に踏み込みそうだって」

「今よりもですか」

当然ながら範夫も、アカデミズムにおける潮田の立ち位置は十分承知している。苦笑する範夫に向かって、遼子は真面目《まじめ》な顔で頷いた。

「そういうことみたい」

「というと……やはり、三韓征伐《さんかんせいばつ》辺りの話なのかな……」

「そこまでは、分からない。それ以上は聞けなかったし、この間、改めて質問してみたけど、もちろん答えてくれなかった」

「潮田教授らしい。でも、本当にそれが今回の事件と関連があるんですか」

「どっちみち私も、その近辺の歴史を検証し直しているところだから、もう一度きちんと調べてみようと思ったの。ゼロから」

「一よりも前からということですね」範夫は笑った。「ぼくも興味があります。それに、潮田教授が気にかけていることなら、ぜひ調べてみたい」

範夫は、本心から潮田が好きらしい。

その言葉に遼子は微笑むと、

「じゃあ、始めましょう」

と言って、範夫の背中を叩《たた》いた。

十五分もしないうちに、二人が座った席には膨大な資料の山が積み上げられていた。デジタル化されている資料は後回しにして、取りあえずは紙の文献を集めてきたのだ。

遼子の前に腰を下ろした範夫は、その資料の山を眺めて、

「名探偵　皆を集めて　さてと言い」

などと、つまらぬ川柳を口にした。そこで遼子は、

「意味が逆」とたしなめる。「私たちは、これから検証を始めるんですからね」

しかし、

「自己暗示です」と範夫は笑う。「謎は、もう解けているという」

「というより、それはどんな謎？」

「……分かりません」

範夫は正直に答えて肩を竦《すく》めたが、それは遼子も同じ。この時代は確かに「怪しい」のだが、どこにどんな謎が隠されているのか、それすらも良く分かっていない。

「では」と言って遼子は、一冊の分厚い資料を手に取った。「先入観を全て捨てて行くわよ」

「ぜひお願いします」

真剣な表情に戻った範夫に向かって、遼子は資料に視線を落とすと、小声で読み上げた。

「神功皇后——。

仲哀《ちゅうあい》天皇皇后で、開化《かいか》天皇五世の孫といわれている。

父は、気長宿禰王《おきながすくねのおおきみ》。母は、葛城高額媛《かずらきのたかぬかひめ》。

『書紀』によると名前は、気長足媛尊《おきながたらしひめ》。『古事記』では、息長帯比売命。

あるいは、大帯比売尊《おおたらし》、大足姫命皇后《おおたらし》と呼ばれていた。ちなみに、皇后でありながら『日本書紀』では、一巻丸々充てて編纂《へんさん》されていることが、異例中の異例。一説では、西暦二百年頃、仲哀天皇と共に熊襲《くまそ》征服に向かい、天皇が香椎宮《かしい》で崩御された後、新羅《しらぎ》を攻略し、その後、身重の体のまま、百済《くだら》や高句麗《こうくり》も服属させて凱旋《がいせん》した」

「いわゆる『三韓征伐』の伝説ですね」

そう、と遼子は頷いて続ける。

「仲哀天皇八年。熊襲を討つために筑紫《つくし》に赴いた天皇は、現在の福岡県福岡市東区香椎の香椎の宮に出向いて、自ら琴を弾《ひ》いて神霊を招き神意を問うた。すると、かたわらの神功皇后に神が依《よ》り憑《つ》いて『西の方に国がある。まずその国を帰属させよ』とお告げがあった。しかし、天皇は神の言葉を信用せず『西の方を見ると、ただ海ばかりである。詐《いつわ》りを言う神だ』とおっしゃって、その神言《かむごと》に従わなかった。ちなみにこの神言は、武内宿禰《たけしうちのすくね》が請《こ》い、神懸かりした神功皇后を通じて告げられたものだったが、これを信じなかった仲哀天皇は急に崩御されてしまった」

その部分は、と範夫はページをめくる。

「『書紀』の仲哀天皇の条に、こうありますね。熊襲が叛《そむ》いたので、仲哀天皇は熊襲国を討つために穴門《あなと》の豊浦津《とゆらのつ》に幸《いでま》し、一方、神功皇后には角鹿《つぬが》の津から海路穴門に向かうように命じられた。ところが、皇后に神の神託があって、熊襲を討つよりも海彼の新羅を討つように教えた。しかし天皇は神託を信じずに熊襲を討ったため、『九年の春二月《きさらぎ》の癸卯《みずのとう》の朔丁未《ついたちひのとひつじのひ》に、天皇、忽《たちまち》に痛身《なや》みたまふこと有《あ》りて、明日《くるつひ》に、崩《かむあが》りましぬ。時に、年五十二《みとしいそじあまりふたつ》。即《すなわ》ち知りぬ、神の言《みこと》を用《もち》ゐたまはずして、早く崩りましぬることを』と」

続いて範夫は、『古事記』を手に取る。

「こちらには、その時の様子がもっと詳しく描かれています――。

天皇が筑紫の香椎宮におられて、熊襲国を討とうとされた時のこと。天皇が琴をお弾きになり、そばに控《ひか》えていた武内宿禰が神おろしの場所にいて、神託を乞《こ》い求めた。すると神功皇后が神懸かりして、神託で教えさとして仰せられるには『西の方に国がある。その国には、金や銀を始めとして、目のくらむような珍しい宝物がたくさんある。私は今、その国を服属させてあげようと思う』と仰せになった。

ところが天皇がこれに答えて『高い所に登って西の方を見ると、国土は見えないで、ただ大海があるだけだ』と申され、いつわりを言われる神だとお思いになって、お琴を押しやってお弾きにならず、黙っておられた。するとその神が酷くお怒りになられて『この天下は、そなたが統治すべき国ではない。そなたは黄泉国《よみのくに》への一道《ひとみち》に向かいなさい』と仰せになった。武内宿禰が『わが天皇、そのお琴をお弾きなさいませ』と言った。すると、しばらくして琴の音が途切れ、仲哀天皇は亡くなっていた」

範夫は、本文を読み上げる。

「『すなはち火を挙げて見れば、既に崩《かむあが》りましぬ』と」

「凄《すご》く怪しい部分ね。細かい検討を要するわ」遼子は首肯する。「でも今は敢《あ》えて後回しにして、先に行きましょう」

と言うと、遼子は再び手元の資料に視線を落とした。

「しかしそこで、神功皇后と武内宿禰は、仲哀天皇の死を隠し、豊浦宮で、燈火《とうか》もともさずに仮葬した。すると、再び皇后に神が憑いて、胎中の子に、その宝の国を授けると託宣する」

「『凡《おおよ》そこの国は、汝命《いましみこと》の御腹《みはら》に坐《いま》す御子《みこ》の知らさむ国ぞ』――」範夫が読み上げる。「『古事記』だ」

「その憑いた神は、住吉大神。しかしその時、皇后は臨月を迎えていた。そこで皇后は、石を取って御裳《みも》の腰につけて祈った」

「『書紀』の、神功皇后摂政前紀は、

『時に、適《たまたま》皇后の開胎《うむがつき》に当《あた》れり。皇后、則《すなわ》ち石を取りて腰《みこし》に挿《さしはさ》みて、祈りたまひて曰《もう》したまはく、「事竟《ことお》へて還らむ日に、茲土《ここ》に産《あ》れたまへ」とまうしたまふ』――です」

左右に『記紀』を持ち、見比べながら言う範夫に向かって、遼子は軽く首肯した。

「無事に帰ってきたら、この場所で生まれて欲しい、とね。そして皇后は、身重のまま新羅を攻め、高句麗、百済共に朝貢を約束させて凱旋した」

「でも、それは……」

と異議を挟む範夫を手で制して、遼子は続ける。

「皇后は新羅から凱旋すると、誉田《ほんだ》別《わけ》皇子――応神《おうじん》天皇を筑紫で出産。そのため応神天皇は『胎中天皇』とも呼ばれた。また、生んだ土地は『宇瀰《うみ》』と呼ばれた」

遼子は、範夫の手元の『書紀』のページをめくった。

「『十二月《しわす》の戊戌《つちのえいぬ》の朔辛亥《ついたちかのとのいのひ》に、誉田天皇《ほんだのすめらみこと》を筑紫に生《あ》れたまふ』」

そこまで言うと、遼子は範夫を見た。

「ちなみにこの時、皇后が出産を遅らせるために自分の腰につけたという石は『月延《つきのべ》石《いし》』と呼ばれ、長い間、筑紫に置かれていたけれど、ある日、雷が落ちて三つに割れた。現在、その一つは、福岡県糸島《いとしま》市・鎮懐石八幡宮《ちんかいせきはちまんぐう》に。もう一つは、長崎県の壱《い》岐《き》・月読《つきよみ》神社に。そしてもう一つは、京都・月読神社に祀られている。範夫くんは、見たことがあるでしょう」

「もちろん、あります」範夫は大きく頷いた。「地元ですから。神社の境内の右奥に祀られていました。お祈りすれば、安産の願いが叶《かな》うといわれています」

「そう……」遼子は、皮肉に微笑んだ。「ここも、とても怪しい部分。でも、今は先に行きましょう。さて――」

遼子は続ける。

「お生まれになった御子と共に大和《やまと》に帰還した皇后は、御子の異母兄弟で謀叛《むほん》を謀った忍熊王《おしくまのみこ》、香《かご》（麛《かご》）坂王《さか》等を、武内宿禰らの力を借りて滅ぼした。その後、摂政を七十年間務めて亡くなる。『書紀』によれば、執政六十九年、百歳にして崩御。奈良県奈良市山陵町《みささぎ》、狭城盾列陵《さきのたたなみ》に葬られたとされる。そして」

遼子は、また違う資料を手に取った。

「ここで初めて『神功皇后』という呼称――つまり、諡号《しごう》を得た。そして、この呼称は『続日本紀《しょくにほんぎ》』天応元年（七八一）七月条や、延暦《えんりゃく》九年（七九〇）七月条に見えることから、『続日本紀』編纂の最終段階である桓武《かんむ》天皇の時代には『神功』という漢風諡号はすでに作られていたと考えられている。遠山美都男《とおやまみつお》によれば『神功とは「神の如《ごと》き偉業」「神の加護による大事業」の意味であり、この皇后によるいわゆる三韓征伐をふまえた評語であることはいうまでもない』――ということ」

「しかし『書紀』では、皇后の『気長足媛《ひめ》』という名も、諡号だといっています」

そう、と遼子は首肯する。

「この『気長足媛』の『気長』は、近江《おうみ》国坂田郡の息長《おきなが》、またはそこを拠点とした息長氏を指しているという。また『足媛』とは本来『あめたらしひめ』であり、女性天皇を意味するものだった。つまり神功は、皇后ではなく『神功天皇』だったのではないか、とね。でもこの説は、江戸時代に水戸《みと》藩主であった、徳川光圀《みつくに》の命を受けて水戸藩が編纂した『大日本史』において否定され、皇后は天皇から外されることになった。これは『大日本史』特有の大義名分論に基づく、いわゆる『三大特筆』の一つね。範夫くんは、当然この『三大特筆』は知っているわよね」

「テストみたいですね」範夫は笑った。「もちろん知っています」

と答えて指を折る。

「一、神功皇后を后妃に列する。これは今、遼子さんがおっしゃいました。
二、大友皇子《おおとものおうじ》を本紀に掲げ、天皇としてこれを遇する。つまり、弘文《こうぶん》天皇です。
三、天皇家は南朝を正統とし、三種の神器が北朝の後小松《ごこまつ》天皇に渡された時を以《もっ》て皇統を北朝に帰する。
――ということですね」

「正解」遼子も笑う。「そして、三韓征伐を含めて神功皇后の為《な》した業績が余りにも大きかったため、皇后に関しては、色々な説が生まれた」

また違う資料を開くと、遼子は続けた。

「今まで話してきた神功皇后像は、実のところ七世紀後半期に在位した斉明《さいめい》女帝をモデルとして作られたのではないかとする説がある。斉明天皇は新羅出兵を企てて、自ら九州へ出陣した、ただ一人の天皇だといわれているから」

「その説は聞いたことがあります」範夫は『書紀』をめくった。「事実、斉明天皇は、七年春正月《はるむつき》に船出していますし。『御船《みふね》西に征《ゆ》きて、始《はじ》めて海路《うみつみち》に就《つ》く』云々《うんぬん》、という部分ですね」

そう、と遼子は頷く。

「その他にも持統《じとう》天皇などの功績を集めて、神功皇后像が作られたのではないかという説も出てきた。だから『神功皇后は王権の危機的状況を克服すべく創出された神話において、過去のものとなった巫女的霊能を大いに発揮した、偉大な虚像としての女帝であったといえよう』と言い切ってしまっている人もいる」

「朝鮮出兵の神話も、六世紀後半以降にまとめられたのではないかという説も読みました」範夫もつけ加える。「そもそも『気長足媛』という名称も、時代的には七世紀頃の名としてふさわしいとか」

「実際に、百済から皇后へ『七支刀《しちしとう》』などが献上されたという話なども、年代を百二十年繰り下げると『三国史記』などの外国の史料とも合致するから、その点を取ってみても、皇后の説話自体が『神話』ではないかといわれたりしている」

「十干十二支《じっかんじゅうにし》の一回りが六十年ですから、ちょうどその二倍、歴史を繰り上げているということですね。明治時代に、菅政友《すがまさとも》等が提唱して以来、定説になっています。そしてその理由の一つには『書紀』が、例の邪馬台国《やまたいこく》女王・卑弥呼《ひみこ》と同一視したから、という話もある」

「それは、微妙に納得できない」遼子は頭を振った。「そうであれば、皇后が架空の存在だったという説が出て来ることはない」

「確かに」

「この話には、きっとまだもう一つ底があるはず」

遼子は資料を閉じると、また違う資料に手を伸ばしながら範夫に尋ねた。

「範夫くんは、これらの神功皇后説話に描かれている、三つの重要ポイントを知っているでしょう」

「完全に、テストだ」範夫は苦笑しながら答える。「もちろん知っています。それは、

一、巫女である神功皇后と、琴を奏《かな》でる天皇。神命を承る審神者《さにわ》としての武内宿禰という、祭政の構造。

二、新羅征討。あるいは三韓征伐。

三、神功皇后の御子は、神からの託宣を受けた『神の子』であったという伝承。

以上の三点です」

「またしても正解」遼子は微笑む。「じゃあ、次。神功皇后という諡号の由来に関し

ては？」

「そう聞かれると思って、持って来ました。森鷗外《もりおうがい》の『帝諡考《ていしこう》』」

「素敵ね。読んで」

はい、と答えて範夫はその部分を読み上げる。

「神功という諡号は『荘子《そうし》』の、

『至人無己、神人無功、聖人無名』

からきている。ついでに言ってしまえば、この言葉の意味は、
至上の人は己《おのれ》無く、
神人は、功を立てる心無く、
聖人は、名を得る心が無い。

——だそうです。殆どぼくらとは縁がない境地だ」

範夫は笑って、今度は『字統《じとう》』を開いた。

「ついでにといっては何ですが『功』という文字に関しても調べてみようと思って」

「何て書いてある？」

「『功』——もとは農功をいう字。農事に限定したものが功であった。

ということですが、これは余り参考にならないですね。続いてはこれかな。『漢辞

海』です」

範夫は、サラサラとページをめくる。

「ありました。『功』。
一、手柄。
二、効果、ききめ。
三、はたらき、機能。
四、喪に服する期間の名。
五、仕事、事業」
「多分『広辞苑《こうじえん》』を調べても、似たようなことが書かれていそうね。となると、森鷗外の説が正しいのかしら」

「おそらく……そうじゃないですか」

「まあ、もっとも」と遼子は背もたれに寄りかかる。「神功という名称で、重要なのは『神』の文字だといわれているから。そこで三つめの質問」

「今度は何ですか？」

苦笑いする範夫に向かって、遼子は問いかける。

「日本の歴代天皇で『神』という文字を諡号に持つ人物を全て挙げよ」

「ああ。簡単な問題で良かった」範夫は余裕の笑みを見せた。「答えは、神武《じんむ》、崇《す》神《じん》、応神の三人だけです。神功皇后を入れても、四人だけ」

「その理由は？」

「取りあえずは、新しい王朝を作った天皇、ということになっていますが、応神天皇は神功皇后皇子だから、何とも言えません。また、神武天皇と崇神天皇は、同一人物だとみられているし」

「二人とも『はつくにしらすすめらみこと』だしね」

「ええ。もちろん当てられている字は違いますけど、読みは一緒。そうなると、やっぱり『神』の文字は、新しい王朝の天皇名につけられたという説が、俄然信憑性《がぜんしんぴょう》が高くなる……。応神天皇も調べてみますか」

「そこに行く前に、やはり三韓征伐前後の歴史を調べないと」

遼子は軽く嘆息すると、これもまた厚い資料を取りだした。

「今回の話のキーパーソン、武内宿禰が絡んでくる『住吉大社神代記』よ」

2

広岡哲さんは、運が悪いにもほどがある。

この東京、しかも都心ともいえる渋谷で、野犬に襲われて命を落としてしまうなんて。近所に暮らしている人たちも、通勤・通学で渋谷を利用している人々も、まさかそんなことが起こるなどと、夢にも思っていなかったはずだ。

藤本由起子は、山手線・代々木駅の改札口を通りながら思った。

潮田教授が言っていた野良犬が姿を消したことが良いことなのか悪いことなのかという問いかけは別としても、現実的に大学の近辺で野犬の姿など目にしたこともない。せいぜいが、神社の境内でのんびりと日向ぼっこをしている野良猫の姿くらいだ。やはり、どこかの家で飼っていた凶暴な犬が逃げ出したのだろうか。

いずれにしても、実際にこんな悲惨な事件が起こってしまった。

ぶるっと身震いすると、新宿御苑《しんじゅくぎょえん》裏の自宅マンションへと向かった。

由起子の住むマンションは、御苑沿いの閑静な場所に建っている。ここ代々木は、大学のある渋谷から山手線で、たった二駅だし、御苑のそばなので、季節によっては部屋の窓から御苑の桜も眺めることができる。夜になると、少し暗くなって人通りが途切れてしまうのが難点だったが、それを除けばとても素敵なロケーションだった。

しかし今日は潮田教授の言葉に甘えて、早退させてもらったので、御苑の石塀の上に覆《おお》い被《かぶ》さるように茂っている、艶やかな緑を眺めながら一人歩いている。

さすがに今日は大学にいても、広岡の事件がショックで、研究が手につかない。後輩の永田遼子は、もう少し調べ物をしてから帰りますと言っていたが、気丈なものだ。明らかに自分は、彼女に比べると気が小さい。

もちろん由起子にしても、早退させてもらったといっても、部屋に帰れば自宅での仕事が待っている。目を通さなくてはならない資料や書籍が、仕事机の周囲だけでなく、リビングのテーブルの上にまで、山のように積まれているのだ。

今日はそれを少しでも片づけなくては、と決心しながら由起子が、マンションに向かって歩いていた時、どこからか、

ケン……。

という小さな鳴き声が聞こえたような気がした。

由起子は立ち止まると、周囲を見回す。

いや。この細い路地には、何もいない。

気のせいか。

あんなことがあったので、神経質になっているのだ。

そう思って再び歩きだした由起子の耳に、
今度は、グルル……、という低い唸《うな》り声が入ってくる。

ちょっと待って！

まさか、広岡を襲ったという野犬が？

そんなはずはない。

この場所は、渋谷から三キロ以上離れている。歩こうと思えば充分に歩ける距離だが、今日は、渋谷近辺に野犬などに対する厳しい警戒網が敷かれているはずだ。

いや。広岡を襲った野犬ではないとしても、また他の野良犬がいるかも知れない。

不安に駆られて、由起子は辺りを見回した。

すると、左手に続く御苑の石塀の上、木下陰に、何かチラリと白いものが見えた。

おや？　と由起子は目を瞬《また》かせる。

白狐《びゃっこ》だ。

それはまるで、塀の上に美しく置かれた狛犬《こまいぬ》——いや、稲荷の眷属《けんぞく》の白狐の像のように、凜《りん》として腰を下ろしていた。

どうしてあんな場所に、そんな物が？

しかし次の瞬間、じっと凝視していた由起子の背中を、冷たいものが走り抜けた。

すうっ、と全身の血が退いてゆく。

白狐の視線が由起子を捉え、しかも大きく口を開けたのだ。その真っ赤な血溜まりのような口の上下には、小刀のように鋭い歯が何本も光る。

由起子は反射的に振り返ると、今来た道を走った。

何なの、一体！

由起子は、ガクガクと崩れ落ちそうになる膝《ひざ》のまま、よろけるように走る。とにかく、ここから逃げなくては！

本能がそう言っていた。

しかし——遅かった。

白狐は、針のように細い体毛を風になびかせながら、流れるように石塀の上を走ると、いきなり由起子に襲いかかってきたのだ。

「キャッ」

と叫んで由起子は道に倒れる。

獣臭い息が、由起子の顔にかかった。

「助け——」

恐怖に大きく目を見開いた由起子の口から出た言葉は、そこで途切れた。

白狐の研ぎ澄まされたような牙《きば》が由起子の喉笛を食い破ったのだ。

＊

「なるほど……」

範夫は、遼子の手元の資料を覗《のぞ》き込《こ》んで呟いた。

「『住吉大社神代記』ですか」

「そう」遼子は、真剣な表情で頷く。「例の、あの文言——。でも、この本文に入る前に、住吉大社そのものに関して、おさらいしておきましょう。当たり前だと思っている見落としや、忘れてしまっている大事なことがあるといけないから」

そうですね、と範夫も同意した。

「じゃあ、もう少し資料を持って来ます」

立ち上がった後ろ姿を眺めながら、遼子が目の前に積み上げられた資料を整理していると、範夫が数冊の本を手に戻って来た。そして、

「神社関係の資料なので、たくさんありました」と笑う。「では、ぼくが読み上げますね」

そう言って、一つ一つ確認するように、声を落として読み始めた。

「住吉大社——。

摂津《せっつ》国一の宮で、全国二千三百社ともいわれる住吉大社の総本宮。『延喜式』の名神大社で、神階は正一位。現在は、大阪市南部の住吉区に鎮座しているが、もともとは大阪湾の入り江で、住江《すみのえ》、墨江《すみのえ》とも呼ばれた。

祭神は、底筒男命《そこつつのお》・中筒男命《なかつつのお》・表筒男命《うわつつのお》・気長足媛命。筒男三神を総称して、住吉大神という。これら三神は、伊弉諾尊《いざなぎのみこと》が、黄泉国へと行った伊弉冉尊《いざなみ》を取り返すことができずに戻り、身についた穢《けが》れを洗い流すために『筑紫《つくし》の日向《ひむか》の小戸《おど》の 橘《たちばな》の檍《あわき》原《はら》』で禊《みそ》ぎ祓《はら》いした際に、海の水から生まれた神である」

「住吉大社は、もちろんだけど」遼子は言う。「以前に、その場所にも行ったわ。筑紫の日向——宮崎県の阿波岐原《あわぎがはら》の江田《えだ》神社。十万坪くらいの広い公園の隅に、大きな禊ぎ池があった」

「天照大神や素戔嗚尊、そして月読命が誕生した地ですね」範夫は微笑む。「凄い場所だ」

「流造《ながれづく》りの本殿は簡素な印象を受けたけど、辺りの空気がとても澄んでいた。まあ、禊ぎ発祥の地だから、当たり前と言えば当たり前でしょうけど……。ああ、脱線してごめんなさい。続けて」

ええ、と範夫は頷いた。

「住吉大社に戻ります。この神社の境内摂社です。まず『大海神社《だいかい》』で、祭神は豊玉《とよたま》彦《ひこ》命、豊玉姫命。そして『船玉神社《ふなたま》』で、祭神は天鳥船命《あまのとりふね》、猿田彦《さるたひこ》大神。また末社は『楠珺社《なんくんしゃ》』で、祭神は宇迦之御魂《うかのみたま》大神。境外末社は『大歳社《おおとし》』で、祭神はその名の通り、大歳神。もう一つの末社は、地元の人たちから『住吉の弁天さん』と呼ばれている『浅沢社《あささわ》』で、祭神は市杵嶋姫《いちきしまひめ》命です」

大海神社は、と遼子は言う。

「伊勢神宮《いせじんぐう》の神主である、荒木田《あらきだ》・度会《わたらい》氏が、内宮《ないくう》・外宮《げくう》などとは別に、独自の氏神を祀っていたように、住吉神社宮司である津守《つもり》氏も、四殿の北にある大海神社という氏神を持っているのよね」

「そういうことです。そして、この大海神社は、住吉神社第一の摂社とされています。ちなみにここは、海幸《うみさち》・山幸《やまさち》神話の伝説の地であると伝えられていて、境内には潮満珠《しおみつたま》を埋めたという玉乃井《たまのい》があります」

「歴史が深いわ」遼子は笑った。「何しろ、鎮座の年代が神功皇后の摂政時代ですからね」

「鎮座は、神功皇后摂政十一年（二一一年とも）に、百済救援にあたって住吉大神の加護を得て勝利し、その凱旋後にこの神を祀ったのが起こりと書かれています。『書紀』の摂政前紀にも——」

範夫はページをめくる。

「『和魂《にぎみたま》は王身《みつい》に服《したが》ひて寿命《みいのち》を守《まも》らむ。荒魂《あらみたま》は先鋒《さき》として師船《みいくさのふね》を導《みちび》かむ』と宣《のたま》った、とあります」

「そして、その後にも再び現れる」

ええ、と範夫は続ける。

「さっき話した、御子の異母兄弟で謀叛を謀った、忍熊王、香（麛）坂王たちを、武内宿禰らの力を借りて滅ぼした、という場面ですね。『書紀』によれば、その時『皇后は忍熊王が軍を率いて待ち構えていると聞いて、武内宿禰に命ぜられ、皇子を抱いて迂回《うかい》して南海から出て、紀伊水門《きいみなと》に泊らせられた。皇后の船は真直に難波に向った。ところが船は海中でぐるぐる回って進まなかった。それで武庫《むこ》の港に還《かえ》って占われた』とあります」

「その結果として、住吉大神を現在の大社の地に祀ることになった」

「ええ。

『吾《わ》が和魂《にぎみたま》をば大津《おおつ》の渟《ぬ》名倉長峡《なくらのながお》に居《ま》さしむべし。便《すなわ》ち因《よ》りて往来《ゆきかよ》ふ船を看《みそなわ》さむ』

私の和魂を大津の渟名倉の長峡に鎮座させよ。そうすれば往来する船を見守ることもできるだろうから、ということです。そこで、神の教えのままに鎮座していただいたところ、皇后たちは平穏に海を渡ることができるようになった」

ただ、と遼子は眉根を寄せた。

「『大津の渟名倉の長峡』の場所に関しては、異説もある。現在の定説では、今の住吉大社の地ということになっているけど、本居宣長《もとおりのりなが》の著した『古事記伝』――注釈書によれば、現在の神戸市東灘区《ひがしなだ》に鎮座している『本住吉神社』がそれではないかといっている」

「では、後世に大阪に遷《うつ》ったというんですね」

「そう」

「じゃあ、いつですか？」

「仁徳紀《にんとく》に『墨江の津を定めたまひき』とあるその時からだというの。そして、その傍証として考えられているのが、今の『書紀』の部分の記述」

「皇后の船が進まなかった場面ですね」

「そう。訳文でいいから、ちょっと読んでみてくれる?」

はい、と答えて範夫は『書紀』に目を落とした。

「そこで皇后は、武庫の港に還って占いをされた。すると、天照大神が教えていわれるのに、我が荒魂を、皇后の近くに置くのはよろしくない。

『当《まさ》に御心《みこころ》を広田国《ひろたのくに》に居《お》らしむべし』

――摂津国廣田《ひろた》神社の地に置くのがよいと、おっしゃったので、山背根子《やましろのねこ》の女《むすめ》、葉《は》山媛《やまひめ》に祀らせた。また、天照大神の妹である稚日女《わかひるめ》尊がいわれるのに、

『吾は活田長峡国《いくたのながお》に居らむとす』

――私は、摂津国・生田《いくた》神社の地に居りたいとおっしゃったので、海上《うなかみの》五十《い》狭茅《さち》に祀らせた。また事代主命《ことしろぬし》が教えていわれるのに、

『吾をば御心《みこころ》の長田《ながた》国に祠《まつ》れ』

――自分を、摂津国・長田神社の地に祀るようにとおっしゃったので、葉山媛の妹の長媛《ながひめ》に祀らせた……」

「そういうこと」遼子は頷いた。「そしてその後に、住吉大神の話が出て来るんだけど、この長田神社、生田神社、廣田神社の位置関係を見ると、神戸港から東へ大阪湾

沿いに並ぶように点在している。そして、生田神社と廣田神社の間、廣田神社寄りに、この本住吉神社があるの」

「そう……なんですね」

「だから、本居宣長たちの言うように、最初はこちらに鎮座していたと考えた方が自然だと思う。でも定説としては、あくまでも大阪の住吉大社になっているけど」

「なるほど、そういうことなんですね」範夫は頷きながら尋ねる。「教授は、何とおっしゃっていました？」

「きみがそう考えるのならば、いずれきちんと論文にしなさいって。まだ否定も肯定もするような段階じゃないってことね」

「確かに……」

さて、と遼子は範夫の手元を覗き込んだ。

「先に行きましょう」

はい、と答えて範夫は、また違う資料を開く。

「あと、やはりこちらの住吉大社に関して、非常に特徴的なのは四つの本殿です。これら本殿の形式は、梁行《はりゆき》二間、桁行《けたゆき》四間の規模で、妻入《つまいり》・切妻《きりづま》造り・檜《ひ》皮葺《わだぶき》ですね。周囲には門と瑞垣《みずがき》がめぐらされて、本殿正面には切妻造り・檜皮葺で千鳥破風・軒唐破風をつけた割拝殿《わりはいでん》があり、明治以降はこれらを幣殿と称しています。ただし、第一殿のみ正面五間で、他の三社殿は三間だそうです——。しかし何と言っても、問題はこの配置ですね」

範夫は、四社が並び立つ写真の載っているページを広げた。

神社境内、神池《しんいけ》に架かる反橋《そりばし》を渡って大きな住吉鳥居をくぐると、正面に姿を現すのが「第三本宮」だ。その「第三本宮」の背後に「第二本宮」。その後ろに「第一本宮」と、ほぼ縦一直線に西を向いて並び、正面の「第三本宮」のすぐ右隣に「第四本宮」が建っている。つまり、空から見下ろせば、四つの社殿が「L」字を描く、非常に珍しい配置になっている。

そこに祀られている神で見れば、表筒男命、中筒男命、底筒男命の順に並び、最初の表筒男命の隣に、気長足媛命——つまり、神功皇后という配置になる。

「不思議な並び方よね」遼子は、改めて思う。「四社の配置のバランスが悪い、その意味も良く分かっていない。だから、昔から色々といわれているわ」

「そうですね」と答えて、範夫はページに視線を落とした。「現在一般的には『三社進むは魚鱗《ぎょりん》の備え、一社開くは鶴翼《かくよく》の構えで、八陣《はちじん》の法を表す』といわれて、海に浮かぶ船団に喩《たと》えられているようです」

住吉大社本宮図

「でも、そんな軍陣の構え云々というのは、後世の附会ね。二社殿、三社殿の並列や直列は、弥生《やよい》時代の古代神殿でも見られたらしいし」

「社殿が西に向いていることから、これは遣唐船を表しているのだという説もあるようですが、これも多分、逆だと思います。遣唐船が渡航の際に、海の神である住吉大社の社殿配置に倣《なら》って出航したんじゃないかな」

「きっと、そうね。『筒男』の『筒』は『星《つつ》』で、当時は航海の目印となっていたでしょうし、あるいは『津』の神だから、どちらにしても守護神となった」

「境内摂社には『船玉神社』もあります。主祭神の猿田彦大神は『船霊《ふなだま》』でもあるようですから。ただ、これらの神々の御神徳として、航海安全・安産・武勇、などが掲げられているのは分かりますが、あと何故か、和歌の神としても祀られている」

「私もずっと不思議に思っていた」遼子は同意する。「いつしか、住吉大神は和歌の神と呼ばれ、白髪の老人姿で人前に現れると和歌を以て託宣したと伝えられている……。でも、そんな場面は殆ど見当たらない。だから住吉大社自身でも」

と言って資料に目を落とすと、読み上げた。

「『住吉の神も、和歌の浦の玉津島明神《たまつしま》や、人麻呂《ひとまろ》神社や天満宮などと並んで、和歌の神としての尊敬を集めていた。しかしよく考えてみると、玉津島明神は才色兼備の衣通姫《そとおりひめ》を祭ると伝えているし、人麻呂神社の柿本人麻呂《かきのもとのひとまろ》、天満宮の菅原道真《すがわらのみちざね》も和歌の神として尊ばれるのは自然である。ところが海の神、航海の守護神の住吉の神が和歌の神になる理由がいまひとつはっきりしないようだが』と、実際に述べている」

「かといって、神功皇后も武内宿禰も、それほどまでに素晴らしい歌を詠《よ》んでいるのかといえば、そうでもない」

そう、と遼子は『書紀』を開いた。

「神功皇后摂政十三年に載っているわ。

『十三年春二月八日、武内宿禰に命じて皇太子に従わせ、敦賀《つるが》の笥飯《けひ》大神にお参りさせられた。十七日、太子は敦賀から還られた。この日、皇太后は太子のため、大殿で大宴会を催された。皇太后は盃をささげて、お祝いのことばをのべられた。そして歌っていわれるのに、

「此《こ》の御酒《みき》は　吾が御酒ならず　神酒《くし》の司《かみ》　常世《とこよ》に坐《いま》す　いはたたす　少御神《すくなみかみ》の豊寿《とよほ》き　寿《ほ》き廻《もと》ほし　神寿《かむほ》き　寿《ほ》き狂《くる》ほし　奉《まつ》り来《こ》し御酒《みき》そ　あさず飲《お》せ　ささ」

――この神酒は私だけの酒ではない。神酒の司で常世の国におられる少御神が、側で歌舞に狂って醸《かも》して天皇に献上してきた酒である。さあさあ、残さずにお飲みなさい。

と。武内宿禰が太子のために返歌をお作りして歌った。

「此の御酒《みき》を　醸《か》みけむ人は　その鼓《つづみ》　臼《うす》に立てて　歌ひつつ　醸みけめかも　此の御酒の　あやに　うた楽《だの》しさ　さ」

――この神酒を醸した人は、その鼓を臼のように立てて、歌いながら醸したからであろう。この神酒の何とも言えずおいしいことよ』

という歌なんかを見てもね」

「確かに、色々と不思議ですね……」

首を傾《かし》げる範夫を眺めながら、遼子は軽く嘆息した。

そして、自分の目の前に山のように積み上げられた資料に目をやる。

この神功皇后と、そして住吉大神に関しては、調べれば調べるほど混沌《こんとん》としてくる。住吉大社の社殿ではないが、何となく居心地が悪い。それとも、まだ遼子たちは何かを見落としているのだろうか……。

いや。もしもそうだとしたら、もう少し頑張らなくては。

そう思って、

「じゃあ『住吉大社神代記』に行きましょう」

遼子が自らを鼓舞するように、分厚い資料を手に範夫に向かって告げた時、

「あの……」

という透き通った声がして、一人の若い女性が、遼子たちの机に近づいてきた。この大学の学生ではない。どう見ても高校生だ。

「ちょっと、お話ししてもよろしいでしょうか」その女子高生は遼子を、そして範夫を窺うように見て、遠慮がちに口を開いた。「潮田先生の研究室の方ですよね」

「え、ええ」遼子は、戸惑いながら答える。「私はそうですけど、こちらの彼はまだ学生。それであなたは、大学の関係者？」

「まだ高校生なんですけれど、父の伝手《つて》で、こちらの図書館に入らせてもらいました。私は、潮田先生も良く知っています。もちろん、先生は私のことをご存じないでしょうけれど」

女性は、白く咲いた芍薬《しゃくやく》の花のように微笑んだ。

「単なる、熱心な愛読者の一人なので」

「そう……」遼子は範夫と視線を交《か》わす。「でも、どんなお話なんでしょうか。私たち、今ちょっと忙しいもので――」

「いえ」女性は、長く艶やかな黒髪を揺らせて首を振った。「お時間は、取らせません。ほんの少しだけ」

「……どんなことを？」

「古代天皇家に関して。いえ、神功皇后に関してなんです」

遼子と範夫は、驚いて目を合わせる。範夫が軽く頷いたのを合図に遼子は、

「分かりました」と答えた。「余り長くならない程度で、しかも私たちで良ければ、少しだけお話ししましょう」

「ありがとうございます！」女性は心から嬉しそうに微笑むと、二人に向かってペコリと頭を下げた。「感謝します」

「あなたは、どちらの高校生？」

「横浜にある女子高に通っています。ですから、たまプラーザの國學院の図書館にも、たまに寄らせていただいて」

「そうなのね。それで——」

遼子は尋ねる。

「お名前は？」

はい、と女性は吸い込まれるかと思えるほど美しく微笑んだ。

「大磯笛子《おおいそゆうこ》と申します」

「大磯……さん」

失礼します、と言って笛子が自分の斜め前、範夫の隣に腰を下ろすと、遼子たちは改めてお互いに簡単な自己紹介をした。

それが終わると、遼子は尋ねる。

「でも、どうして突然、私たちのもとへ？」

はい、と笛子は答えた。

「こちらの図書館で、神功皇后関係の書籍を読ませていただこうとしたら、殆どが貸し出し中だったんです。せめて『住吉大社神代記』だけでも、と思ったんですが、それも見当たらず」

自分の前の資料を指差す遼子を見て、笛子は小さく微笑んだ。

「はい。そこで係の方に伺うと、永田さんたちが調べ物をしていらっしゃるようで——と言われました」

「それは、ごめんなさい」

遼子は、自分たちの目の前に堆《うずたか》く積まれている資料や書籍に目をやると、笛子に向かって軽く頭を下げた。しかし、

「とんでもないです」と笛子は、ひらひらと手を振る。「私は、趣味で探していただけなので」

単なる趣味にしては、ずいぶん変わった分野だ。

遼子が思っていると、笛子は続けた。

「それでその方に詳しくお聞きしたところ、永田さんたちは、あの潮田教授の研究室の方たちだ、と。そこで、突然の失礼を十分承知で、勇気を振り絞って声をかけさせていただきました」

「そうだったのね……。それで、さっきあなたは、お父さまの伝手でこの場所へとおっしゃっていたようだけど、お父さまも國學院の先生？　それとも、他の大学の？」

いいえ、と笛子は首を振る。

「どちらでもありません。ただ、日本史を専門に研究しているだけで」

在野の研究者か、それとも学者か。

しかしそれにしては、その娘――笛子は妙にマニアックな所を学ぼうとしているではないか。ふと、興味を持った遼子が、

「失礼ですけれど――」

と、父親の名前を尋ねたが、

「おそらくご存じないと思います」笛子は恥ずかしそうに答えた。「隠すつもりはありませんけど、気にしないでください。でも、もしも何か機会があれば、いつでもご紹介します。父も、潮田教授の著書の愛読者なので」

「そう……」

愛読者というのも、余り当てにはならない。そう言いながら近づいて来て、実は殆ど目を通していなかったという人間を、何人も知っている。この世界で嫌われているという潮田の顔を見たかっただけという輩《やから》も、今まで多くいた。

遼子は、何となく心に引っかかるものを感じたが――。

今は、いつまでもそんなことに拘《こだわ》っている時ではない。そこで、笛子も目を通した

かったという『住吉神社神代記』をバサリと開いた。

遼子にすれば、笛子はその言葉通りこの挨拶だけで帰るのかと思ったが、お邪魔はしませんから、もう少しお話を聞かせてくださいと言う。それを聞いて、思わず迷惑そうな表情になってしまった遼子に向かって、

「いいんじゃないですか」範夫が言った。「もう少しだけ」

この男は、笛子の外見に惹《ひ》かれているのではないか？

疑心暗鬼な気持ちのまま、

「では」と遼子は範夫を見つめながら言った。「どうぞ」

「ありがとうございます！」

嬉しそうに言って身を乗り出してくる笛子と、そして目の前の範夫に向かって、遼子は尋ねた。

「この『住吉大社神代記』なんだけど、この中に、私たちの間ではとても有名な一文が書かれているの。それは何か、知ってる？」

「いいえ」

と首を振った範夫の隣で、笛子が答えた。

「密事《むつびごと》あり――ですよね」

「良く知っているわね！」

驚く遼子に向かって、笛子は嬉しそうに言った。

「父から聞きました」

その「父」が何者なのかは分からなかったが、その男性が潮田の愛読者だという話は、本当なのかも知れないと思いながら、遼子は資料本を開く。

「『住吉大社神代記』。住吉大社の縁起を記した巻物で、実物は全長十七メートルにもおよぶ大巻。この原本は、古くから神殿の奥深くに秘蔵せられていたといわれてるわ。そして、この奥書によれば、天平《てんぴょう》三年（七三一）七月五日に、津守宿禰《つもりのすくね》客人《まろうど》と同嶋麻呂《しままろ》によって言上されたとある。そして——」

と言って二人に見せると、

「ここよ。筑紫の香椎宮で仲哀天皇が崩御された場面。その場には、神功皇后と武内宿禰の二人がいたんだけど」

遼子は、その箇所を指差した。

「『この夜に天皇　忽《たちまち》に病発《やみおこり》て以《もっ》て崩《かむさ》りましぬ。「是《ここ》に皇后、大神と密事《むつびごと》あり」』」

「え……」

絶句する範夫に向かって、遼子は続ける。

「続けて『俗に夫婦の密事を通《かよ》はすと曰《い》ふ』とある。つまり、仲哀天皇が崩御されたその夜、神功皇后と住吉大神――と同体とされている武内宿禰は、男女の関係を持ったということ」

「でも、それは……」

「この『密事』は『しのびごと』『みそかごと』とも読む」遼子は、範夫の言葉を無視して、傍《かたわ》らにおいてある『広辞苑』のページをめくった。「ここには、こう書かれてる。

『密事《みそかごと》』
一、秘密のこと。ないしょごと。
二、男女の密通。私通。
――ってね」

「密通は、マズイでしょ！」

「こう書かれている事典もあるわ」

遼子は再び、厚い事典のページをめくる。

「『密事。

「ひそかごと」の意。人目を避けてする内緒のこと。男女がひそかに情を通ずること。秘めやかな恋愛。陰暦の三十日を晦日《みそか》という。三十日の「ミトウカ」が、その夜は月が出ない（したがって夜は暗い）ところから、晦《くら》い日（晦日）と書いて、みそかと訓《よ》ませた。人に知られたくない「ひそかごと」は、晦日の夜のように暗い時（処《ところ》）がいいというので、密事を「みそかごと」と称したのである』

——ということのようね」

「神功皇后と武内宿禰が……。それって、事実なんですか！」

「後世、住吉大神と武内宿禰が同体とされた大きな理由の一つが、この事件だったんじゃないかと思う」

「父も、そう言っていました」笛子も爽《さわ》やかに頷いた。「それで、皇后懐妊の期間が合わないのだ、と。つまりこのままでは、産み月から逆算すると、仲哀天皇の死後に身籠《みご》もった計算になってしまう。だからそのために——」

「月延石を身につけたという話になったのか！」

二人に向かって身を乗り出した範夫に、遼子は言う。

「『古事記』によれば、仲哀天皇は、八年九月の香椎宮での神託直後に崩じている。『すなはち火を挙げて見れば、既に崩《かむあが》りましぬ』と。でも『書紀』では、もう数ヵ月長く生きられて、翌年の二月五日に、突然死してしまったことになっている。そして、新羅凱旋後の十二月十四日、つまり天皇崩御からぴったり十月十日で、御子をお産みになったことになる」

「それはそれで、かえって怪しいですね」範夫は顔をしかめる。「余りにもわざとらしすぎる……。でも、今までの遼子さんの話が本当だとすると、応神天皇の父親は、武内宿禰だということになってしまうじゃないですか！」

「可能性は非常に高いわね」遼子は、あっさりと肯定した。「といっても、そもそもこの神功皇后の存在自体を疑う声もあるから、またここで複雑になってしまう」

「さっき話していた、斉明《さいめい》天皇をモデルにして作り上げられた架空の皇后だとか、六世紀から七世紀にかけて登場した女帝たちの功績を合わせて創造されたとか……さまざまな説がありますからね」

「そういえば」と笛子が口を挟んだ。「私も、神功皇后が卑弥呼だったという説を聞いたことがあります」

「それもさっき、彼と話していたのよ――」

遼子は言って、『書紀』の年代が百二十年ほど繰り上げられているのは、作者が「神功皇后＝卑弥呼」に見せたかったからではないかと説明した。

「実際に」と言って、遼子は『書紀』を手にする。

「神功皇后摂政三十九年の条に、こうあるわ。
『是年《ことし》、太歳《たいさい》己未《つちのとひつじ》。魏志《ぎし》に云《い》はく、明帝《めいてい》の景初《けいしょ》の三年の六月、倭《わ》の女王、太夫《たいふ》難斗米等《ら》を遣《つかわ》して、郡《こおり》に詣《いた》りて、天子に詣らむことを求めて朝献《ちょうけん》す。（中略）
四十年。魏志に云はく（中略）
四十三年。魏志に云はく（後略）』
というように。でも、『書紀』は『魏志倭人伝《ぎしわじんでん》』に書かれている全ての交渉記事を網羅《もうら》しているわけではない。これらの部分だけを、ピックアップして載せている」
「そうなんですか」笛子は、納得したように頷いた。「それだと、むしろ怪しく思えてしまいますね……。神功皇后もそうですけれど、武内宿禰もやはり、同じようなことをいわれていると聞きました。実は、全くの想像上の人物だったとか。何しろ、三百六十歳になる頃まで生きていたと」
「第十二代の景行《けいこう》から、成務《せいむ》、仲哀、応神、そして第十六代の仁徳の五代にわたって仕えたという伝説ね」
「はい」
「でも、その点に関しては説明がつくわ」
「どうやってですか？」

「何人もの、武内宿禰が存在していたと考えれば」

「えっ」

「歌舞伎《かぶき》や舞踊の世界と同じよ。何代目市川團十郎《いちかわだんじゅうろう》とか、何代目花柳寿輔《はなやぎじゅすけ》とか」

「ああ……」

「ちなみに私は、卑弥呼もそうじゃないかと思ってる。通説でいうように卑弥呼が『日巫女《ひみこ》』であるならば、何人いても良い。あと、卑弥呼の跡を継いだという女帝の『トヨ』もね。これらは決して、個人の名前ではないと考えてるの」

「そうだよね」範夫も口を開いた。「実際に武内宿禰は、蘇我《そが》氏や、紀《き》氏や、葛城《かつらぎ》氏の祖先といわれているんだから、存在していなかったわけはない。そう考えれば、遼子さんの言う通りかも」

ただ、と遼子は顔を曇らせる。

「今、笛子さんの言った通り、この人物に関しても色々と謎が多いのは確か。住吉大神を始めとして、鹽土老翁神《しおっちのおじ》、猿田彦大神などとも同体とされているし、あるいは日本武尊《やまとたけるのみこと》だとか、成務天皇だとか、果ては浦嶋太郎だとかいう説もあるわ」

「浦嶋太郎ですか！」

「その辺りに関しては、今ここで詳しい話はしないけれど、確かに彼も三百六十年の時を越えて生きていたことになっているし、彼を祀っている丹後国の浦嶋神社では、太郎のことを『筒川大明神』と呼んでいる」

「筒って、住吉大社の筒男ですか？」

「鹽土老翁神もそうよね。『住吉大社神代記の研究』にも『鹽筒老人、鈴木《すずき》重胤《しげたね》は底・中・表筒男三神を一神としたる御名なりと解す』と書かれている。ちなみに鈴木重胤は、江戸時代後期の国学者。でも、そうでなくても素直に、住吉大社は『海・潮』つまり『塩・鹽』だし、そして筒男神の『筒』と鹽土老翁神の『土』」

「そういうことか！」

「それに浦嶋太郎は、実際に『書紀』の雄略紀にも登場している。『筒川』の人間としてね。しかも、彼の住んでいた土地は、墨江《すみのえ》――墨吉だという」

「そのまま、住吉じゃないですかっ」

そういうこと、と遼子は首肯した。

「だからこの辺りの話は、教授もおっしゃっていたように、とても慎重に考えていかなくてはならないと思う」

「さっきの、産み月の計算が合わないという点に関してもですね」範夫が、急に真剣な顔つきになって声を落とした。「だって、下手をすればそこで王朝交替という話になる。いわゆる『万世一系』が途切れてしまいますからね」

するといと、唐突に笛子が口を開いた。「父に言わせれば、全く問題ないということでした」

「問題ないって、どういうことなんだよ？」範夫は驚いて、笛子を見た。「だって、王朝交替という話になれば、当然そこで血統が途切れるわけなんだから、天皇家は『万世一系』じゃなくなってしまう。そして、万世一系じゃなくなると、天皇家存続の根本が崩れてしまうじゃないか！」

「男系とか、女系という話ですか？」

「もちろん、それもある」範夫は、気色《けしき》ばんで説明を始めた。「天皇家は、初代・神武天皇以来、ずっと男系による皇位継承の制度を守ってきてる。これはどういうことかというと、たとえ天皇が女性になられようとも、その夫は必ず皇族であるということだ」

「八名十代の女性天皇の時も、ですね」

「当然」と範夫は首肯して、指を折った。「第三十三代・推古《すいこ》天皇。第三十五代・皇《こう》極《ぎょく》天皇。そして重祚《ちょうそ》——再び皇位に就かれた、第三十七代・斉明天皇。第四十一代・

持統《じとう》天皇。第四十三代・元明《げんめい》天皇。第四十四代・元正《げんしょう》天皇。第四十六代・孝謙《こうけん》天皇。そしてやはり重祚された、第四十八代・称徳《しょうとく》天皇。第百九代・明正《めいしょう》天皇。そして、第百十七代・後桜町《ごさくらまち》天皇。全員が、そうだ」

「でも、どうしてそこまで男系にこだわるのでしょう？」

「当たり前じゃないか」範夫は、呆《あき》れたような顔つきで笛子を見た。「もしもその女帝が、皇族以外の男性と結婚されて皇子が生まれ、その皇子が皇位を継承するとなれば、その時点で全く新しい王朝になってしまうからだよ。神武天皇から連綿と続いてきた皇統が、綺麗《きれい》に途切れてしまう」

「そうですね」と笛子は頷いた。「理論的には、その男性が外国人だったりする可能性もありますから。そうなると、全く別物の天皇家になってしまう」

「分かってるじゃないか」範夫は、口を尖《とが》らせた。「もっと乱暴に言ってしまえば、天皇家が乗っ取られるという感じかな。とにかくそういうことで、皇統が男系天皇であれば、ほんのわずかかも知れないけど、間違いなく『血』は繋《つな》がっているんだ」

「いわゆる、y遺伝子」

「そういうこと」範夫は大きく首肯した。「だからこの制度は、決して女性蔑視《べっし》が根幹にあるわけじゃない。むしろ逆なんだ。つまり、素姓《すじょう》の知れない男性は、決して受け入れないという、きちんと考え抜かれた合理的仕組みなんだよ」

「女性差別的な制度ではなく？」

「その通り。だから」と言って範夫は、遼子を見た。「その、武内宿禰の一件が、とっても気にかかる……」

　ところが、

「でも、私の父は」と笛子が範夫に言った。

「『万世一系』という言葉の本質は、あくまでも、その家に伝わる『系図』が全てなんだと、言っていました。系図さえ繋がっていれば、その中身はともかく『万世一系』とうたっても、決して嘘ではないんだと」

「それは」範夫は笛子を見返して、苦笑する。「また、随分あっさりとした結論だね」

「どうしてですか？」

「だって、実際に血が繋がっていなかったら、それはニセモノの系図になってしまうじゃないか」

「血が繋がっているかいないのか、それはその時代に生きていた当人にしか分かりませんから。事実、この現代に至っても、そんな問題は無数に起きています」

「じゃあ、ＤＮＡも関係ないと？」

「当然です。そんなことを言い始めたら、不可知論になってしまいます」

「そんなバカな！」

しかし、

「潮田教授も」遼子も軽く頷いた。「同じようなことを、チラリとおっしゃっていた気がする。万世一系は、問題ないと」

「えっ」

と驚いた範夫の横で、

「それでも」と笛子は、二人をじっと見つめた。「この神功皇后に関しては、また少し違うんだと言っていました」

「それは？」

厳しい視線を向ける遼子から、軽く目を逸らせると、

「さあ……」笛子は肩を竦めて首を振った。「だから私も、その辺りの歴史を調べてみようと思って」

「でも、とにかく」範夫は言う。「女系天皇の存在さえなければ、皇統は何とか繋がっているわけだ」

それが、と笛子は範夫を見て、

「天皇家最後の防波堤というわけですね」

と微笑むと、ハッと時計に目をやった。

「あっ。もう、こんな時間」

そして、大急ぎで帰り支度を始めた。

「すみませんでした。いきなりお邪魔した上に、興味深いお話ばかりだったので、ついつい長居してしまって！　今日は、これで失礼します」

そう言って立ち上がる笛子と、遼子たちは連絡先の交換をした。

「もしよろしければ」笛子は、二人に向かって美しく微笑んだ。「次回は、父も交えてお話を」

「そうしましょう」遼子も同意する。「ぜひ、また」

「ありがとうございます」

笛子は、何度も振り返りながらお辞儀した。

そして遼子は、そのサラリと揺れる黒髪を見送りながら――何の根拠もなかったが――必ず再び会うことになるだろうと、強く確信していた。

3

翌日。

藤本由起子死亡のニュースが流れると、渋谷区を始めとする東京都内の人々の間には、そんな獰猛《どうもう》な獣が今もどこかに潜んでいるに違いないという衝撃的な噂が駆け巡った。

もちろん一番激震が走ったのは、大学と潮田研究室だった。何しろ、一日のうちに研究室の関係者二人が、野犬らしきものに襲われて死亡してしまったのだから。

これは、単なる偶然なのか？

警察はもちろん、多くのテレビ局も大学や研究室に押しかけた。特に、被害に遭っている研究室教授は、日頃から何かと世間を騒がせている潮田なのだ。ワイドショーがやって来ないはずはない。思いきり、マスコミの餌食《えじき》になってしまっていた。

最初は潮田も、我慢して丁寧に応対していたが、それがしつこく続いたため、遼子たちに取り次ぎ禁止を命じて、研究室の自分の部屋に籠もってしまった。

これは当然のことで、変な手紙が届いてはいたものの、全く潮田と関わり合いのない所で起こった事件であったし、この件について潮田が、何か他人の知り得ていない情報をつかんでいるわけでもない。また、そうすることによって、今まで以上にマスコミや世間の人々の間で悪評が立つだろうが、そんなことに心を砕《くだ》いている場合ではないのも事実だった。

何といっても、今回一番の問題は、どうして潮田研究室の関係者が立て続けに二人襲われたのかということだ。もちろんこれは、単なる偶然としか考えられないが、単純に計算しても渋谷区の住民は、約二十万人。それに、区外から通勤・通学してくる人間が、その数倍。この研究室の関係者二人が続けて「野犬」に襲われ、しかも命をなくすなどという確率は、どれほどになるのだろう。おそらくは、何千億分の一という、天文学的数字のできごとだ。

ここまでくると、ひょっとして何者かが、わざと「野犬」をけしかけているのではないかと勘繰りたくもなってしまう。脅迫状とも取れる手紙や電話やメールは殆ど日常茶飯事だったとはいえ、例の、神功皇后には手を出すなという手紙は、余りにタイミングが良すぎないか？

しかし遼子は、そんな考えを一瞬で否定する。

二人を襲ったのは、野犬か狼のような獰猛な獣ではないかという。となれば、そんなものを自在に操れるような人間など、滅多にいるわけもない。また万が一、そんな人物が存在しているとすれば、とっくに警察の捜査線上に現れているはずだ。

偶然は、あくまでも偶然。何千億分の一だろうが何兆分の一の出来事だろうが、事象の軸が違うのだから——。

一方、当の潮田はといえば、普通の人間であれば、落ち込んで研究どころではなくなるだろうが、むしろ今言ったように、研究室に閉じこもり、輪をかけて熱心に文献を読みあさっているようだった。まるで、次はこの不幸な出来事が自分の身に降りかかるのだ、と確信しているかのように……。

どことなく不穏な空気の中、遼子は大学を後にした。すると、今まで気がつかなかったが、範夫から着信があったらしい。

遼子はすぐに折り返す。

すると範夫も、酷く心配してくれているようで、遼子と一緒に帰ると言う。授業どころではなくなっているらしい。

「でも」と遼子は言った。「私も、調べ物をしないと」

潮田の真似をしているわけではないが、今回も、遼子が一人で悩んでいてもどうしようもない事態だ。事件は警察と大学に任せて、今自分ができること——研究に没頭する。テーマはもちろん、神功皇后だ。ひょっとするとこの研究が、事件の突破口になるかも知れない、そう直感していた。

するとし、範夫もつき合うと言った。

「また、大学の図書館へ？」

と尋ねる範夫に、

「ううん」と遼子は答える。「これから、国会図書館へ行こうと思っているの。違う資料に目を通したいから」

「いいですね」と範夫は同意した。「大学にある関係資料は、昨日殆ど目を通してしまった気がするし」

それは大袈裟《おおげさ》だが、確かに主だった資料には目を通したと思う。

そこで遼子は範夫と待ち合わせて、国会図書館へ向かうことにした。


入り口で利用者カードを提示して図書館に入ると、早速、神功皇后に関係する資料を請求する。そして一つずつ閲覧すると、必要と思われる部分のコピーを係員に頼んだ。それが終わると、どこかじっくりと話ができる場所へ移動しようということになり、二人は地下鉄に乗って新宿へと出た。遼子がいつも行く、お気に入りのフルーツパーラーがあるからだ。

「少し糖質が不足してる」遼子は言った。「特にブドウ糖が」

「アルコールは？」

範夫は、こうして二人きりになると、少し口調が変わる。きっと、遼子に甘えているのだ。そこで遼子は厳しい態度で言う。

「そんな気分じゃない」遼子は首を振った。「それは、また今度にしましょう。カフェインで我慢しなさい」

「了解しました」

範夫は肩を竦め、二人は新宿駅の改札を出る。そして、いつも行く店に向かおうとしたのだが、今日はたまたま何かの大掛かりなイベントが開かれているようで、表通りは大混雑している。遼子は、裏通りから回ろうと提案し、人混みが嫌いな範夫も、すぐに同意した。

そして二人で、事件のことや潮田のこと、また研究室もこれからどうなるのだろうなどと話しながら歩いていたのだが――。

「ええと……」範夫は、ふと気づいて周りを見回す。「ここは、どの辺り？」

「えっ」

遼子は立ち止まった。つい話に夢中になってしまって、どこか見知らぬ裏通りに迷い込んでしまったらしかった。

「ちょっと分からない……と言っても、いつものお店からは、そんなに遠くないと思うけど」

「あっちが、青梅《おうめ》街道？」

「違うわよ。逆よ」

「いや、そんな——」範夫は、キョロキョロと見回す。「でも、どっちにしても新宿にいることに間違いはないから、歩いて行けば知っている場所に出ると思う」

「まあ、そういうことね」遼子も微笑み返した。「このまま、行ってみましょう」

しかし、やがて二人は更に細い路地に入ってしまった。しかも、いかにも新宿らしい小さな飲み屋が建ち並ぶゴールデン街とも少し違う異空間だった。

「何か、不思議な場所ね」遼子は、範夫を見た。「一度も来たことがなかったわ」

「ぼくも」

範夫が答えた時、二人の行く手には二階建てレンガ造りの、レトロな喫茶店が建っていた。

「何、あのお店」

遼子が指差し、範夫も見つめる。

その喫茶店の正面は、一面に緑の蔦《つた》で覆われているため、一階は、古ぼけたドアと小さな窓が見えるだけだ。そして、何とも郷愁を誘うような看板には「猫柳《ねこやなぎ》珈琲《コーヒー》店」とだけあった。まるで、幽霊でも出そうな雰囲気の店だ。

「なにか、昭和の時代にタイムスリップしたみたいじゃない。何十年も前に、神田・神保町《じんぼうちょう》にあったような喫茶店」

「確かに」範夫も頷く。「昔の木屋町《きやまち》や先斗町《ぽんとちょう》の路地にでも紛《まぎ》れ込《こ》んでしまったみたいだね」

「ねえ」と遼子は、範夫を見た。「ちょっと入ってみましょうよ。きっと静かで、ゆっくりお話ができるわ」

「う、うん」範夫は少しためらいつつも、同意した。「きっとBGMは、スローなジャズなんかだよ」

二人はドアを開けて店に入る。

一目見て驚いた。店内は、二人の想像を遥《はる》かに超えて「昭和」の雰囲気を漂わせていたのだ。通路は、人が一人だけ通れるほどの狭さで、天井もやけに低い。どうやらこの店には中二階があるらしい。しかも、テーブルとテーブルの間にはパーティションとしてだろう、大きな観葉植物の植えられた陶器の鉢が置かれている。但し、流れているBGMは範夫の予想を外して、低く沈鬱《ちんうつ》なマーラーだった。

しかし、

「予想通り変わったお店ね」遼子は言った。「私が子供の頃は、店の中央が四階まで吹き抜けになっていた喫茶店もあったけれど、ここはここで素敵ね。もっと奥まで行ってみましょう」

現在、遼子は二十五歳だから……こういった昭和風の喫茶店をリアルタイムで知っているのか、などと余計なことまで考えながら、範夫は遼子の後に続いた。

中二階から二階へ、二人はキョロキョロと店内を見回しながら、まるで迷路のような通路を歩く。消防法に引っかかっていないのだろうか？　という以前に、店員はオーダーをきちんと客のもとに届けられるのだろうか。

いや、もっと根本的な疑問として、一階と中二階には、チラホラと客の姿が見えたが、二階まで上がってくると、周りには誰もいない。果たして営業してゆけるのだろうか？

範夫たちは二階、それも奥の奥まで進む。そして「Reserved——予約席」と書かれたプレートが置かれているテーブルの一つ手前の席に、向かい合って腰を下ろした。そして、いつ現れたのか分からないほど物静かな店員に、ホットコーヒーを二つ注文する。

しかし「Reserved——予約席」……？

遼子は、プレートを見て首を捻《ひね》る。

果たして、こんな店のこんな席を予約する人間がいるのか。

おそらく、誰もいないだろう。ただ、意味もなく飾ってあるだけだ。もしくは——そんなことは間違ってもありそうもないが——店が満員になってしまった時、常連客のために確保している席なのだろう、と理解した。

この店にぴったりの「悪魔のように黒い」コーヒーが運ばれてくると、二人は再び声を落としながら話をする。

「さっきの」と範夫は言った。「『住吉大社神代記』なんだけど、原本にも間違いなくそう書かれていましたよね。

『是夜天皇忽病発以崩（之）於是皇后與大神有密事』

——『この夜に天皇忽《たちまち》に病発《やみおこり》て以《もつ》て崩《かむさ》りましぬ。是《ここ》に皇后、大神と密事《むつびごと》あり』』

って」

「そして」遼子は、コーヒーカップを口に運びながら、

『俗曰夫婦之密事通』

——『俗に夫婦の密事を通《かよ》はすと曰《い》ふ』って」

といっても、と範夫は顔をしかめる。

「もしも、その結果として応神天皇が誕生したという話になると、これは大変だ。いや……おそらく、そんなことはないと思うけど」

「そうかしら」

「えっ」

「だって、素直にこの『住吉大社神代記』を読む限りでは、そういうことになるわ」

「しかし、今日目にした他の資料では、この『住吉大社神代記』を偽書としているものもあったでしょう。その文体や書かれている語句が、時代に合致していないとか、年代が微妙に合わないとか、誤字が余りに多いとか——」

「でも、それらに関しては、田中卓《たなかたかし》が『住吉大社神代記の研究』において、きちんと反論してる」

「確かにそうだけど……」と答えて、範夫は苦い顔でコーヒーを飲んだ。「改めて、もう少し時間をかけて踏み込まないと」

「それはそうね」遼子は同意した。「もっと調べてみましょう」

だが。

潮田も、この辺りのことを調べているわけだ。その目的や、彼の本心は分からないにしても、ここは非常に繊細な部分には違いない。そして実際に、さまざまな方面から多種多様なプレッシャーがかかっているとも聞いた。かといって潮田のことだから、例によって遼子たちには、一切そんな様子を見せなかった。

もしかすると、広岡や由起子には、もっと具体的に突っ込んだ話をしていたのかも知れない。ただ、遼子の耳に入ってこなかったことは事実だ。そこで今朝、潮田に挨拶したその僅かな時間で、

「やはり今回の事件と神功皇后の件は関係しているんでしょうか？　もしも関係しているとするならば、どういう点だとお考えですか？」

と勇気を出して尋ねてみた。しかし——半ば予想通り——何の返答ももらうことはできず、潮田は一瞥をくれただけで、自室に籠もってしまった。

そこで遼子は、自力で調べることにした。何かもっと具体的な事例を提出できれば、潮田も耳を傾けてくれるに違いない。

だから、とにかく可能な限り頑張って——。

そう思って顔を上げた遼子の視界に、何かボンヤリとしたものが映った。例の

「Reserved――予約席」のプレートが置かれたテーブルの向こう側だ。

遼子は、何度も目をこする。バッグに目薬が入っていたことを思い出したので、数滴たらした。しかし、相変わらず何か白い影のようなものが見えている。

「どうしたの？」範夫が、キョトンとした顔で尋ねてきた。「目の中にゴミでも？」

「いいえ……」

遼子は答えるとゆっくり立ち上り、そのテーブルへ近づいて行った。

間違いない。

いつも見えるような「何者か」がいる！

首すじがひやりとしたが、好奇心の方が勝った。遼子は、恐る恐る近寄る。

その近辺からは、たまに感じる邪悪さや不吉な感触がなかったからだ。ただ単に、そこに「何者か」がいるという感覚――。

「また、何かが見えるの？」

範夫が尋ねてくる。

遼子は、自分のそんな能力を範夫には伝えてある。範夫も、おそらくは話半分で聞いていると思うが、今日は手に取るように感じる。きっと「相手」との波長が合っているのだ。

そう思いながら、じっと目をこらして答えた。

「白髪の老人——」

「え？」範夫は、キョロキョロと辺りを見回した。「ぼくには、何も見えないけど」

「——老人が、テーブルの前に座っている」

「ど、どんな老人？」

「怒っている川端康成《かわばたやすなり》のような雰囲気——」

「じゃあ、それ以上近づくと危険だよ！」

「大丈夫」遼子は、ゆっくりと答えた。「さっきからずっと下を向いて、書き物をしてるから」

「書き物って……作家の幽霊っていうこと？」

「分からない」

「きっと、〆切りに追われて自殺したとかいう、悲惨な人間の幽霊じゃないか……。危ないよ」

「ちょっと、訊いてみる」

「無茶だ。帰ろう！」

立ち上がった範夫を、

「待って」遼子は制した。「何となくだけど、話ができそう」

遼子の目に、老人の姿が徐々に形を取り始めてきているのだ。波長がさらに合ってきているに違いない。しかし、

「止めた方がいいよ、そんなこと！」範夫は叫んだ。「取り憑かれたらどうするんだ」

青ざめた顔で見つめる範夫を残して、遼子はテーブルに近づく。さすがに膝が笑っていたが、自分を鼓舞するように、

「あの……」

と声をかける。すると、その幽霊は、

「何じゃ」と顔を上げた。ザンバラの白髪の間から、血走った大きな目が、ギョロリと覗いた。「わしに、何か用でもあるのか」

「キャアッ」

思わず声を上げてしまい、あわてて自分の口を押さえた遼子に向かって、その老人は続けた。

「幽霊が、それほど珍しいのか。昔も今も、その辺りにゴロゴロしておるわい。ただ気づかない、いや、気づかないように自分の脳が勝手に情報をシャットアウトしておるだけでな」

「口を……きいたわ……」

「話くらいできる」

「そして……やっぱり、書き物をしてる……」

「当たり前じゃ」老人は涼しい顔で答えた。「物書きが文字を書いていて、何が不思議なんじゃ。書かない作家は、それこそただの亡霊じゃ。ああ、そうか。この万年筆が珍しいのか」

「何なの……この人……」

「あんたは、本当に失礼な人間じゃな」老人は、今度は苦々しい顔で遼子を睨んだ。「勝手に話しかけてくるかと思えば、今度は独《ひと》りで何だかんだと呟くばかりで、会話にならん。だから、生きている人間は嫌いなんじゃ」

「会話が……できるのね」

「バカか」老人は吐き捨てた。「しょっちゅうしとるわい。ただあんたらが聞こえないように、耳を塞《ふさ》いでおるだけじゃ。だから、わしらの有益な忠告や、的確な進言が届かない。いつも、全く無駄になっておる。少しはもったいないと思わんのか」

「遼子さん」範夫が後ろから、情けない声で呼びかけてきた。「もう帰ろうよ」

きっと彼も「何か」を感じ始めたのだろう。口元が小刻みに震えている。

「あの……」

と再び呼びかけた遼子から目を外して再び原稿用紙に向かうと、老幽霊は言った。

「あの男の言うとおりだ。早く帰れ。仕事の邪魔だ」

その姿が、遼子の目に段々はっきりと映り始めた。そして、言葉もきちんと聞き取れるようになっている。今までぼんやりとしか見えていなかった、テーブルの上の黄ばんだ原稿用紙も、吸い殻が山のように詰め込まれているガラスの灰皿も、湯気を立てているコーヒーも、そして丸い缶に入ったショートピースと、その隣に置かれた「猫柳珈琲店」というロゴの入ったマッチ——。

どうやら、夢でも妄想でもないらしかったが、さすがの遼子も、こんな体験は初めてだった。そこで、念のために自分の手の甲をつねる。

痛い！

すると、顔をしかめた遼子の後ろで、

「本当に何かがいるみたいだ……」範夫が、唖然《あぜん》とした顔で呟くように言った。「ぼくにも感じる。一体これは何？」

「そこの、小うるさい若者は」老幽霊は、チラリと範夫を見た。「本人よりも妹の方が、霊感が強いようだな。といっても、せいぜいがこの女性程度のようじゃが」

遼子が今の言葉を伝えると、範夫は「えっ」と絶句して、その場で腰を抜かしそうになった。どうやら当たっていたらしい。

この老幽霊は、鳥山石燕《とりやませきえん》描くところの「雲外鏡《うんがいきょう》」か、それとも「照魔鏡《しょうまきょう》」か。いや、あれらは器物に霊が宿った「付喪神《つくもがみ》」だから、この幽霊とは微妙に異なる。

しかし、この老幽霊は、そんなことまで分かるのか。一体、何者？

そこで遼子は、

「あの……」と恐る恐る尋ねる。「申し訳ないんですけど――」

「申し訳ないと思ったら、黙っておれ」

「い、いえ！」遼子は、胸の前で両手を合わせながら訊いた。「あなたは、どなたさまなんでしょうか」

「どなたさまも何も、大きなお世話じゃ」老幽霊は吐き捨てる。「最近は、こうして中途半端《ちゅうとはんぱ》にわしらが見える輩が増えて困るわい。もう、あっちへ行け」

「そう言われても……」

「さっきから、くだらん話ばかりベラベラ喋りおって。うるさくて、かなわん」

「くだらん話って」さすがに、遼子はカチンときた。「重要な話だったんです」

「どこがじゃ」老幽霊は鼻で嗤《わら》った。「ただの、時間潰《つぶ》しじゃわい」

「そんなことないです！」カチンときたおかげで恐怖心が失せた遼子は、くってかかった。「日本の歴史の、根幹に関わる大切な話です」

「全く的外れだがな」

「的外れって、どこがですか？」

「余りに的外れすぎて、どこがと訊かれても答えられん。だから、早く帰れ」

「そんな……」

老幽霊の余りの剣幕に遼子が肩を落とした時、信じられないことに、ふわりともう一人の幽霊が姿を現した。

何なのだ、この店は！　幽霊のたまり場なのか。

いや、確かに外観や店内の雰囲気は、そんな感じだったが、実はこの店は心霊スポット、幽霊喫茶なのか。

するとその幽霊が、遼子に向かって口を開いた。

「このお爺《じい》さん幽霊は、火地《かち》さんというのよ。火地晋《すすむ》さん。この店の地縛霊」

「地縛霊……」

「だから、毎日毎日、朝から晩までここで、誰も読みはしない原稿を書いているの」

「大きなお世話じゃい、伶子《れいこ》さん！」

この、少し上品な女性の幽霊は、伶子という名前らしい。

伶子は、火地の言葉を無視して続けた。

「火地さんは、とても頑固で意固地でどうしようもない幽霊だけど、長く『この世』にいるだけあって、色々なことを知っているから、あなたも何か問題ごとがあったら、尋ねてごらんなさいな。ちなみに私は、この店の前の店主の妻です」

「また、そういう余計なことをっ。大体こいつらは、微塵《みじん》も礼儀を知らんし――」

「じゃあ、また」伶子は微笑みながらお辞儀すると、奥のドアへと向かった。「ごゆっくり」

そして、ドアに吸い込まれるように消えてしまった。

唖然と立ちつくす遼子の前で、火地は苦々しそうに呟く。

「相変わらず自分勝手なバアさんじゃわい。この、くそ忙しい時に、一体何を言っとるのか」

そして、遼子たちを睨みつける。

「あんたらも、とっとと帰って、学校の宿題でもやっておれ」

「学校といわれても――」遼子は、火地に向き直る。「私は大学の助手で、彼はその大学の二年生なんですけど」

はっ、と火地は嗤った。

「さっきの話から推測するに、てっきり中高生かと思ったわい」

「失礼な！」

「では、どこの大学じゃ」

「國學院大學ですっ」

「……ああ、皇典講究所か。あそこは確かに、優秀な人材が大勢揃《そろ》っておった」

いつの時代の話だ？

顔をしかめる遼子の前で、火地は言う。

「だが、とにかく帰れ」

「分かりました。帰ります」遼子は頷くと、ぐっと一歩近づいた。「でも、最後に一つだけ」

「何じゃ」

「火地さんは今、私たちの話が全く的外れだとおっしゃいましたよね」

「ああ、そう言った」

「では、どこが的外れなんでしょう。私たちが話していたのは通説ですけど」

「ふん」火地は鼻を鳴らす。「仕方ないじゃろう、的外れではない通説の方が少ないからな。では、サラバじゃ」

「待ってください！」遼子は食い下がる。「どこがどう的外れなのか、それを伺わないと帰れません」

「話が長くなる」

「構いません。お願いします。それでもダメだとおっしゃるならば」遼子は身を乗り出した。「ここで騒ぎます。そして、蟇目《ひきめ》神事でも、清祓《きよはら》いでも、三種《みくさ》祓いでも、何でもやります。でも、地縛霊の火地さんは動けませんからね。何なら、呪符《じゆふ》木簡《もつかん》も持って来ます」

「なんじゃと」

「次に、あそこの扉も叩きます」と言って、伶子が消えて行った扉を指差した。「そして、助けて、ここから幽霊が出たのよ、と大騒ぎします」

「バ、バカなことを言うんじゃない！　祓詞《はらいことば》なんぞ恐くもないが、伶子さんにそんなことをされたら、わしがどんな目に遭うか――」

「では、お願いします。お話しください」

「幽霊を脅迫するとは、全く以て不埒《ふらち》な輩じゃな。成仏せんぞ」

「構いません。私は、神道ですから」

「では、浄霊されんぞ。わしみたいになる」

「必ずされます。神道に幽霊は存在しませんので」

「ふん……」

「お願いします」

遼子は、真剣な眼差《まなざ》しで火地を見た。

すると火地は、髪をポリポリ掻くと手にしていた万年筆をコロリと投げた。そして、ショートピースに手を伸ばして、一本くわえて火をつける。

「本当に、人間という奴は碌《ろく》でもない生き物じゃな」火地は、大きく煙を吐き出した。「そこに座れ」

「ありがとうございますっ」

遼子は範夫に振り向くと、今までの経緯を伝える。範夫は、半分しか話を聞いていなかったわけなので、改めて——戸惑いながらも——「あ、ああ」と頷いた。

遼子が「失礼します」とイスを引いて腰を下ろすと、火地は言う。

「先ほどからあんたらは、神功皇后がどうしたこうしたと話し合っておったが」

火地は、遼子たちの会話をかいつまんで復誦《ふくしょう》した。

そして、と火地は言う。

「これら『神功皇后＝卑弥呼説』、『神功皇后＝衣通姫説』、『神功皇后架空説』——つまり、他の女帝たちの業績を集めて創作された人物だったという説。また同時に、住吉大神と同体とされる武内宿禰に関してもそうじゃ。『武内宿禰＝日本武尊説』、『武内宿禰＝成務天皇説』、やはり武内宿禰は架空の人物で、実在していなかったという説——。まさに、良い意味でも悪い意味でも百花繚乱というか、さまざまな説が咲き乱れとる」

そこで、火地は遼子をギロリと見た。

思わずビクリと体を引く遼子に向かって、火地は尋ねる。

「この全ての説に、共通しているものは何じゃ」

「共通？」遼子は首を傾げた。「こんな、バラバラな主張に、共通していることと言われても——」

「全部の説には、大きな共通点がある」火地は煙を吐き出した。「確かに、神功皇后が卑弥呼だとか、武内宿禰が日本武尊だとかいう論を、本心から唱えておる人間もいるだろうが、しかしこれらは根本的に、たった一つの事実を隠そうとしている。そのための、まやかしじゃ」

まさか、と遼子は笑ってしまった。

「だって、それぞれの説は、全く違う角度から切り込んでいるじゃないですか」

「だが、目的は一つじゃ」

「もしかして……」遼子は火地を見る。「それは『住吉大社神代記』に書かれている
『密事』――？」

「そんなことは、誰でも知っとる」

「では……天皇家は、いわゆる『万世一系』ではない？」

「それこそ、中高生レベルの話じゃわい」

それじゃ、と遼子は真剣な顔で身を乗り出した。

「何なんですかっ」

つまり、と火地は煙草《タバコ》を灰皿に押しつけて消した。

「天皇家に関して、過去に行われてきた多くの議論が、根本《こんぽん》から吹っ飛ぶ話じゃ」

4

地元警察の捜査は、完全に行き詰まっていた。渋谷警察署の担当刑事たちは、全員が頭を抱える。

というのも、広岡哲、藤本由起子が「野犬らしきもの」に襲われて命を落とした現場からは、それらしき獣の足跡が発見されていないのだ。狼などはもちろん、大型犬らしき足跡も見つかっていない。あえて言えば、中型犬に近い大きさの足跡が、いくつか見つかっているが、これは誰もが普通に散歩させている犬の足跡だろうと推測された。

もちろん、猛烈に凶暴な中型犬もいるだろう。だが、区内でそんな物の姿を見たという証言もないし、激しい鳴き声を聞いたという人間も見当たらなかった。

それではやはり、どこかの動物園から狼らしき獣が逃げ出したのかという可能性も高くなるが、渋谷近辺には、動物園など存在しない。台東区・上野や多摩や埼玉あたりから、ここまで遠征してきたとは、とても考えられない。念のために問い合わせはしたが、判で押したように、そのような事実はないという返事だった。

となれば最後の可能性として、どこかの家でこっそりと飼っていた大型犬らしき獣が、檻《おり》を逃げ出して彼らを襲ったとしか考えられない。こちらも聞き込みを開始しているのだが、今に至るまでそんな報告は一件もなかった。飼い主が違法に飼育していたとなれば、なかなか正直に名乗り出にくいだろうから、こちらの件は腰を据えてじっくり取り組まなくてはならない。

未だその獣が発見されていない以上、間違っても次の犠牲者が出ないよう、充分な警戒態勢で臨まなくてはならないだろう。

もう一つの疑念は、犠牲者が、たまたま國學院大學の同一研究室の関係者だったのか、という点だ。

噂に聞けば、研究室教授の潮田誠は、色々な方面から煙たがられていた——いや、端的に言ってしまえば、嫌われていたようだ。だから、二人を襲った獣が「野犬」であれば単なる偶然だが、もしも飼い慣らされていた「野犬らしきもの」となると、計画的殺人の可能性も出て来る。

といっても、そこまで凶暴な獣を飼い慣らすとなると、なかなか難しいだろうから、こちらの可能性はとても低い。かといって、決してゼロではないので、視野の隅に入れておかなくてはならないだろう。

しかし。

この案件は、警視庁の管轄なのではないか。署長の話では、まだ警視庁は動く様子がないということだが、とても一警察署だけでは手に負えないような雰囲気が漂っている。これが、署員の気を重くしていた。

まだ不思議なことがある。

事件以降、野犬の目撃情報がゼロなのだ。まさに野犬は、煙のように消えてしまった。狐につままれたような状況だった――。

それがまた輪をかけて、署内の空気を重く澱《よど》ませていたのである。

＊

「天皇家に関する議論が、って――」

遼子は目を見開いた。

「どういうことですか！」

「あんたは」と火地は言う。「『書紀』の、神功皇后摂政前紀に、こんな話が載っていることは知っとるじゃろう。いわゆる『三韓征伐』の後じゃな――。

一説によれば、神功皇后は新羅王を虜《とりこ》にして、海辺に連れて行くと、膝の骨を抜いて石の上に腹ばわせた。その後、新羅王を斬《き》って砂の中に埋めた。その後、一人の男を新羅における日本の使者、つまり新羅の宰《みこともち》として残し、帰還した。すると新羅王の妻が、夫の屍《しかばね》を埋めた地を知ろうとして、その男を誘惑する。そして『おまえが、王の屍を埋めたところを知らせたら、厚く報《むく》いてやろう。また自分はお前の妻となろう』とな。すると男は、その嘘を信用して屍を埋めたところを告げてしまう。そこで王の妻たちは、謀って男を殺した。さらに王の屍を取り出して他所《よそ》に葬った。そしてその時、王の妻は、男の屍を王の墓の土の底に埋め、王の棺の下にして、『尊い者と卑しい者との順番は、このように決まっている』と言った——」

「は、はい……」

遼子は、いくら幽霊とはいえ——いや、幽霊だからこそか——火地の記憶力に驚きながら頷いた。

「でも、それが？」

「その結果、神功皇后は怒って、大兵を送って新羅を亡《ほろ》ぼそうとした。その軍船は海に満ちていたため、新羅の国人は大いに怖《おそ》れ、皆で謀って王の妻を殺して罪を謝したというわけじゃが、その前に『書紀』にはこう書かれておる。

『是《こ》に、天皇《すめらみこと》、聞《きこ》しめして、重発震《またい》忿《か》りたまひて』となな。ゆえに『書紀』の注には、この『天皇』が誰を指すのかは不詳であるとなっている」

「それは——」

「『住吉大社神代記』にも、こうあるな」

火地は遼子の言葉を遮《さえぎ》って続ける。

「『於是天朝聞之』——『是に天朝、聞きて』と。つまり、神功は皇后ではなく、天、皇だったという記述じゃ。そして、田中卓はこうも言っておる。

『気息長足姫《おきながたらしひめ》天皇。神功皇后を天皇と申し上げた例は摂津《せっつ》国風土記《ふどき》・常陸《ひたち》国風土記・播磨《はりま》国風土記・粟鹿《あわが》大明神元記・琴歌譜その他扶桑略記《ふそうりゃつき》等にみえる。尚《なお》、日本紀の「一云」にも、その微証みゆ』とな。この『一云』が、今言った部分じゃ。あんたは知っておると思うが、念のために言っておくと、この『粟鹿大明神元記』は、京都九条家文庫に保管されておった系図で、『古事記』よりも古い時代の物とされとる」

「もちろん、知っています」遼子は頷いた。「そして『常陸国風土記』では、神功皇后を『息長帯比売天皇』と表記しているということも——」

つまり、と遼子は心の中で嘆息した。

〝諡号ともいわれている「気長足媛」の「気長」は、近江国坂田郡の息長《おきなが》、またはそこを拠点とした息長氏を指すが「足媛」とは本来「あめたらしひめ」であり、女性天皇を意味するものだった〟——という説は正しかったということか。

遼子にチラリと視線を送ると、火地は言った。

「では、話は簡単じゃな。つまり、水戸光圀の『大日本史』以前の歴史書のいうように、神功は『皇后』ではなく『天皇』だったということじゃ」

「女帝だった、と」

「間違いなくな」

「でもそれは、現在では否定されています。特に、明治以降は完全に妄説とみなされていると言ってもよいかと」

しかしその言葉に、

「はっ」と火地は笑った。「仲哀天皇が香椎宮で崩御されて、次の応神天皇即位までの約七十年間、日本の国に天皇が不在だったという主張の方が妄説じゃ」

「たとえ、そうだとしても」遼子は食い下がる。「それなら、どうして水戸光圀たちは、神功は女帝ではないと考えたんですか！」

その前に、と火地は言う。

「『住吉大社神代記』には、

『亦《また》、皇后の御手物《みてつもの》。金絲《くがねのいと》・椯利《たたり》・麻桶《お》笥《け》・桛《かせい》・一尺鏡四枚・剱《つるぎ》・桙《ほこ》・魚塩地《なしおのところ》等を寄さし奉《まつ》り賜《たま》ひ、「吾は御大神と共に相住まむ。」と詔《の》り賜ひて、御宮を定め賜ひき。是を以て渟中椋《ぬなくら》の長岡《ながおか》の玉出の峡《お》を改めて住吉《すみのえ》と号《もう》す。これより大神の座《まし》賜ふ処　処《ところどころ》を住吉と称《もう》しき』とある。もちろんここでいう『御大神』とは住吉大神、武内宿禰のことじゃ。つまり、神功と武内宿禰が『共に相住まむ』——正式に結婚したということじゃ」

「え……そんな」

「山田昌生《やまだまさなり》も、こんなことを言っておる。

『日本書紀に書かれているその場での会話の内容を注意深く読むと、神功皇后はこの死別以前に武内宿禰（神）の子を宿したとの理解があり得る。（中略）実はこの子こそが後の応神天皇であって、儒教の影響を強く受けた後世の感覚では記紀がこれを書けないのは当然である』

　となる。だからこそ応神天皇は、今現在我々が抱いているイメージを遥かに超えた絶大な権力を手にしたわけだ。この御仁はその後で、仁徳天皇陵《にんとくてんのうりょう》といわれている陵こそが、応神天皇陵なのだとも言っておるが、そちらに関しては分からん」

　火地は微かに微笑んで、遼子を見た。

「それから、和歌三神の一柱、玉津島明神に関して言えば、和歌山県にある『玉津島神社』を知っておるか」

「名前だけは」と遼子は頷く。「まだ参拝したことはありませんけれど」

「だが、祭神は誰だか分かるじゃろう」

「はい」遼子は答える。「玉津島明神ですから当然、衣通姫でしょうね」

「同時に、地主神の明光浦霊《あかのうらのみたま》、天照大神《あまてらすおおみかみ》の妹神とされる稚日女《わかひるめ》尊、そして息長足媛——神功皇后を祀っておる」

「そう、ですか」

　稚日女尊や地主神は別として、衣通姫と神功皇后。別に取り立てて珍しい組み合わせではない。しかし、火地は言った。

「このすぐ近くに、鹽竈《しおがま》神社がある。そして、玉津島神社に参拝する際には、まずこちらからお参りするのが正式な順序とされていた」

「鹽竈というと！」

　そうじゃ、と火地は首肯する。

「祭神は『鹽鎚翁《しおつちおじ》尊』——鹽土老翁であり、住吉大神であり、武内宿禰じゃ」

「そちらを必ず先に……？」

「今は、祓戸大神《はらえど》も合祀《ごうし》されておるから、祓所《はらいどころ》ということになっておるがな。また、ちなみに神社の背後の山は、貘供山《てんぐやま》という」

「貘供――つまり、天狗《てんぐ》ですか！」

「天狗は猿田彦大神。そして、武内宿禰もまた、猿田彦と同一視されておる。わしは、微妙に違うと思っているが、本質的には間違いないじゃろう」

「ああ……」

呆然と見つめる遼子に向かって、火地は言った。

「あんたらも当然、応神天皇は仲哀天皇の御子ではなく、武内宿禰の子ではないかと考えているはずじゃ」

「そうですけど――」

確かにその点に関しては昨日、範夫や笛子とも話し、範夫は否定したし、遼子も心の隅では完全に納得できていない部分を残していた。といってこの話は……。

遼子は、

「ちょっと待っていただけますか」

と断って、今の火地との会話を全て範夫に伝えた。やはり範夫は、嫌な顔で聞く。

相変わらず、納得できないらしい。

火地は続けた。

「あんたは、神功という諡号の意味を知っとるか」

「はい」

遼子は火地に向き直って首肯すると、『帝諡考』などに載っていた話を告げた。あれは『荘子』の『至人無己、神人無功、聖人無名』――。

「まあ、それが通説じゃが」と言って、火地は煙草を消した。「しかし、実際のところは武則天、つまり則天武后《そくてんぶこう》じゃろうな」

「武則天？」

意外な名前に、遼子は眉根を寄せた。

「六九〇年に周の国を建国した女性ですよね。その武則天が、どうして？」

「武則天の六九七年に『神功』という年号がある」

「えっ」

「そして、あんたも今言ったように、武則天は中国史上唯一の女帝じゃ。日本でいう天皇じゃな。また彼女は、唐の皇帝・中宗《ちゆうそう》の嫡子、李重潤《りじゆうじゆん》を自殺に追いやっている」

「懿徳《いとく》太子・李重潤ですね！」

思わず叫んだ遼子を、火地は正面から見た。

「面白いことを言うのう」

「面白いことって……何ですか？」

「自分で口にしたろう」火地は笑った。「誰だって？」

「懿徳太子……」

「日本にも、同じような諡号を持つ天皇がいる」

「懿徳天皇、です」

即答する遼子を見ながら、

「神武＝崇神という説があるのは、充分に承知じゃろう」

と言って火地は煙草に手を伸ばした。

「では、もしもそれが正しいと仮定すると、つまり、崇神を初代天皇と置くと、第四代目の懿徳天皇は誰になる？」

「はい」遼子は指を折った。「崇神、垂仁、景行——成務。武内宿禰と同体ではないかともいわれている天皇！」

遼子は、頭の中で反芻《はんすう》する。

これは『書紀』の成務天皇即位前紀に、

「三年の春正月の癸酉《みずのととり》の朔《ついたちつちのとうのひ》己卯に、武内宿禰を以て、大臣《おおおみ》としたまふ。初め、天皇と武内宿禰と、同じ日に生《あ》れませり。故《かれ》、異《こと》に寵《めぐ》みたまふこと有り」

とあり、この「同じ日」というのは、同年・同日の意であろうとされているため、実は成務と武内宿禰は、同一人物なのではないかという説も生まれている——。

「次は？」

尋ねる火地の顔を、遼子はまじまじと見て答えた。

「仲哀天皇ですっ。神功皇后と武内宿禰に暗殺された可能性が、非常に高い！」

「そういうことじゃ」火地は、プカリと煙を吐き出した。「そしてまた、諡号に『徳』の文字が入っている天皇は全員が怨霊《おんりょう》だという説もある」

その有名な説は、もちろん遼子も読んだ。

諡号に「徳」の文字を持つ天皇は、懿徳、仁徳、孝徳、称徳、文徳、崇徳《すとく》、安徳、順徳の八名。そのうち、孝徳天皇以下の六名は、誰もが悲惨な一生を終えているのは、有名な事実だ。

中でも非常に有名なのが、保元《ほうげん》の乱で敗れた後に讃岐《さぬき》に流され、天皇家を呪詛《じゅそ》しながら亡くなった崇徳天皇と、壇ノ浦の戦いで源氏に敗れ、わずか八歳——満六歳で入水《じゅすい》した安徳天皇だろう。その他にも、顕徳という諡号を送られたが、余りに祟《たた》りが激しいということで「後鳥羽院《ごとばいん》」となった後鳥羽天皇もいる。

「あと、天皇ではありませんけど、聖徳太子《しょうとくたいし》もいらっしゃいます」

と遼子がつけ加えると、

「聖徳太子に関しては、わしはまた違う考えを持っておるが、今は良いとしよう」と謎のような言葉を口にした。「とにかく、この『徳』の文字を持つ天皇は、誰もが怨霊と考えていいだろうな」

ということは、と遼子が尋ねる。

「懿徳天皇、そして仁徳天皇もですか！」

「懿徳は、今言ったように成務と重ねられる。そして仁徳は、おそらく弟の菟道稚郎子《うじのわきいらつこ》に絡んで、怨霊と考えられる部分があるが、今はその話ではないから省略する。また『神』という文字を諡号として持っている者は、全て『天皇』だったと考えれば、皇后では誰もいなかったという話になって、納得がいく。全員が、王朝交替に関与した『天皇』だったとな。だからおそらくは、七〇〇年代に諡号を制定した人間とされておる淡海三船《おうみのみふね》などは、これら全ての歴史を知っておったんじゃろうな」

「そういうことですか……」

「伴《ばん》とし子も、こう言っとる。

『応神天皇の出生は多くの謎につつまれている。（中略）父は仲哀天皇だが、突然、謎の死をとげた。この二人の子として生まれてきたのであるが、梅原猛《うめはらたけし》氏も「応神天皇が仲哀天皇の子であることが疑わしいのであり」（「海人《あま》と天皇」）とし、「古事記」や「日本書紀」の描いた系譜に疑いを投げかけている。（中略）忍熊王《おしくまのみこ》と香坂王《かごさか》が応神天皇を倒そうとして応神側が勝利した戦いこそ、先王朝と新王朝との皇位継承をめぐる戦いであった』

——のだとな。もちろん知っておると思うが、この忍熊王と香坂王は、仲哀天皇皇子じゃ」

黙って首肯する遼子を見て、火地は続けた。

「また井沢元彦《いざわもとひこ》は、こう言っとる。

『この兄弟は、神功皇后が幼い応神天皇を連れて大和に凱旋してくると反乱を起こし、鎮圧された。一時は中央を二分するぐらいの勢いがあったが、皇后側の「騙《だま》し討ち」にあって敗れる。この「騙し討ち」というのは、私が悪口を言っているのではなく、「古事記」に堂々と書いてあることだ。皇后側では「皇后は亡くなった」と偽り降伏した。そこで相手が油断したところを攻めて滅ぼした、とちゃんと書いてあるのだ』とな。

つまり、神功・武内宿禰たちは、騙し討ちによって皇位継承権のある皇子たちを殺害し、自分たちの王朝を築き上げた。正統な王朝であった忍熊王の皇統が途切れ、新たに神功皇后・武内宿禰・応神天皇の皇統が生まれた」

「ちょっと待ってください……」

遼子は、嫌なことを思いついて尋ねた。

というよりこれは、おそらく遼子が、無意識のうちに封印していた考え。ここから先へ進む勇気がなかった部分だ。

「今までのお話なんですけど」遼子は火地を見つめる。「もしも本当に神功が天皇で、その皇子の応神天皇が武内宿禰との間に生まれたとすると……」

そうじゃ、と火地は煙草を灰皿に押しつけて消した。

「応神天皇は、立派な女系天皇になる」

やはり、そういうことだ。

ぶるっ、と身震いした遼子の前で、火地は言う。

「そして、連綿と続く天皇家は、その瞬間から女系天皇の血を受け継いでゆく家系となった。これがさっきの、あんたの質問への答えじゃ。なぜ、水戸光圀が神功を天皇と認めなかったのかという」

「女系天皇の系譜を避けた……」

「そういうことじゃろうな」

「待ってください！」遼子は叫んだ。「あり得ない、それだけはっ」

「どう、あり得ないと言うんじゃ」火地は、静かに答えた。「理論的に突き詰めてゆけば、そういうことになる。天皇家の血を受け継いでいる神功天皇と、海神《わだつみ》である住吉大神――武内宿禰との間に誕生した応神は、どうみても『女系天皇』じゃ。つまりわが国の天皇は、一千七百年以上も遠い昔から女系となっておった」

「しかし！」遼子は引き下がらない。「天皇家の血筋に、女系が入っていないというのは、既に確立された定説です」

すると、その言葉を耳にした範夫が、

「どうしたの」と心配そうな顔で尋ねてきた「何が女系？」

そこで遼子は、

「ええ、実は――」

と今の火地の話を伝えた。するとやはり、

「そんなバカな！」範夫は声を上げた。「それは遼子さんの言うようにあり得ない話だよ！」

「私も、そう思う。でも——」

「いや、昨日も言ったけど、この長い歴史の中で女帝は八名いた。でも、一人として女系天皇は生まれていないというのは、常識中の常識だよ。だってそれが、天皇家の血統の最後の防波堤じゃないか。万世一系は崩れても、それだけは——」

「だから！」遼子も思わず叫んでいた。「私も、そう言ってるのよ。これは天皇家の根幹に関わる問題だって！　それでも……」

遼子は、悲しそうな顔つきになって範夫を見た。

「今までの火地さんの話に、どこか瑕疵《かし》がある？」

「それは……」範夫は言い淀んだ。「いや、今のところはないけど、絶対にどこかおかしいんだよ、きっと！」

すると、

「あんたらは」と火地が、チラリと二人を見て尋ねてきた。「住吉大社を知っとるだろう」

知っとるだろう——と訊かれても。

昨日から改めて調べ直しているので、嫌というほど知っている。

遼子は、まだ不吉に鳴っている胸の鼓動を抑えながら「はい」と答えた。すると、

「では」と火地は遼子を見た。「あの大社が、和歌の神として祀られている理由は何じゃ」

それだ！

遼子は身を乗り出す。

「それも、謎だったんです。火地さんは、ご存知なんですか？」

「あんたは、知らんのか」

「すみません」遼子は、すっかり従順な生徒のようになっていた。「色々と考えてはみたんですけれど、結局分かりませんでした。教えてください」

「あんたは、和歌三神と呼ばれとる人々は、知っとるな」

「はい」と遼子は答えた。今度は、自分がテストを受けているような気分だ。

「柿本人麻呂、玉津島明神、そして住吉明神です」

「だが、住吉大社の神主となり、数多くの勅撰和歌集の撰に与《あずか》っている歌人でもある、津守国基《つもりのくにもと》は『住吉四社中の一社が姫神で、それは衣通姫すなはち玉津島明神だといふ』と言っておる。それに続いて『これは子細あることであらう』『爾後津守家において別に異議が出なかったのは何故か』との疑問も呈《てい》しておるし、大社の中でも、衣通姫を合祀していると何百年も言われてきた」

「……それは、なぜ？」

「衣通姫といえば、その美しさが衣を通して表れるようだといわれるほどの美女と伝えられ、『古今和歌集』の紀貫之《きのつらゆき》の仮名序では、小野小町《おののこまち》が彼女の『流《りゅう》』だとまで書かれとる。だが一方、彼女は、その美しさがアダとなり、同母兄であった木梨軽皇子《きなしかるのみこ》と、関係を持ってしまったとされとる」

はい、と遼子は頷く。

「当時としては、異母兄妹の間であればまだしも、同母兄妹の婚姻はとても認められず、二人共に都を追放され、伊予国《いよ》で亡くなったとされています……。ということは、まさか神功皇后もそのような行為を？」

「神功皇后は外見も美しく、今まで述べてきたように気性も激しく、それゆえ性に関しては、非常に奔放だったという話も伝わっておるようじゃからな。しかし何よりも、神功の相手は皇族——天皇皇子だったということに仕立て上げたかった」

「衣通姫と同じように……」

「だから、さっきの山田昌生の言葉にあった『儒教の影響を強く受けた後世の感覚では記紀がこれを書けないのは当然である』という部分だけは、少し違った。神功皇后を衣通姫と同一視しておかないと、新しい天皇が女系だということが公になってしまうからじゃ」

「そう……ですね」

脱力したように呟く遼子を見つめると、火地はまるで哀れむように言った。

「これで、今まで語ってきたさまざまな説の意味が分かったじゃろう。神功皇后＝卑弥呼説は、神功の存在を遥か昔に追いやってしまおうとしておるわけじゃ。神武天皇と同体とされる崇神天皇よりも、百年以上も前の話にしてしまった。伴とし子は、神功皇后＝卑弥呼説に関しては、

『神功皇后＝卑弥呼であると言うことによって、神功皇后が3世紀に存在したと思わせた、すなわち、紀年の引き延ばしに一役買ったということである。そしてもうひとつは、卑弥呼女王が皇室の直系であることを主張しようとしたのである』

と言っており、確かにこれも一理ある。しかし、もっと大きな理由は、女系天皇隠しだとわしは思っておる」

「じゃあ……神功皇后＝天照大神説も、ですね」

「更に昔の神話の世界に戻したわけじゃ。まさに神代の話にな。そしてついに、神功は多くの女帝たちの功績を集めた架空の人物とまでいわれるようになってしまった。架空の人物であれば、もう何も恐いものはない」

火地は白髪を揺らして笑った。そして、

「また、一方の武内宿禰も同じじゃ」と続ける。「こちらは、武内宿禰＝成務天皇とか、日本武尊とかの説がある。これらはつまり、武内宿禰を皇族と考えるということじゃ。さっきの、神功皇后＝衣通姫によって、武内宿禰が允恭《いんぎょう》天皇皇子となるパターンじゃ。だが、さすがにこれらの説は無理がある。というのも、そもそも住吉大神とされる武内宿禰が皇族になってしまったら、鹽土老翁神や、あの猿田彦大神までが皇族になってしまうからな」

「だから、架空の人物といわれるようになった……」

「理解が早いな。そういうことじゃ。そして念の入ったことに、彼らの『密事』が書かれている『住吉大社神代記』を、偽書だと訴えるようになった。何もかも、空想の世界に押しやってしまおうとした。そんなことを考える輩が、昔から大勢いたらしい。特に武内宿禰が蘇我氏の祖先だというからには、百済あるいは新羅出身の可能性も出てくる。となれば、この話は更に大事《おおごと》になる」

「他国の人間の血……。しかも女系となれば、男性排除システムが機能しない」

「これでは、何があっても認められぬという人間が、たくさん出てくるじゃろうな」

「そういうこと……ですか」遼子は、大きく嘆息した。「単なる、神功皇后三韓征伐などのレベルの話ではなく」

「三韓征伐は、本当にデタラメな話だったようだからな。まあ、似たようなことはお互いに起こっていただろうが、日本の圧勝ということも、朝鮮側の圧勝ということもなかったろうからの」

「なるほど……」

遼子は、今日何度目かの大きな溜め息をついた。そして、火地に尋ねる。

「じゃあ、私たちはこれから何をどうしたら良いんですか？　今の話が真実だったとしても、どこでどうやって訴えれば？」

「わしには分からん」

火地は、あっさり答えると、煙草に手を伸ばした。

「人間社会のことは、人間で考えろ。わしにアドバイスできるのは、ここまでじゃ。どこか別の静かな場所で考えろ。但し、そんなにのんびりとはしていられんぞ。こんな話が広まれば、遅かれ早かれ、必ず『住吉大社神代記』は偽書だと『確定』される。もしくは、その部分だけが『偽』だとな。すると、誰も相手にしなくなる。偽書といわれる書物や、創作された物語の中にも、真実が密かにちりばめられているにもかかわらずな」

「紫式部《むらさきしきぶ》『源氏物語』ですね」遼子は諳《そら》んじた。「日本紀などは、ただかたそばぞかし。これらにこそ道々しくくはしきことはあらめ――『書紀』などに書かれていることなどよりも、物語の中にこそ、事実に関する詳細がある」

「そういうことじゃ。もう良いだろう。早く帰れ」

「ありがとうございました」遼子は、丁寧に頭を下げた。「でも、最後に一つだけお尋ねしてもいいですか？　いえ、女系天皇云々の話ではなく」

万年筆を手に取ろうとした火地は、あからさまに迷惑そうな顔を見せたが、

「一つだけじゃぞ」と念を押した。「早く言ってみろ」

「住吉大社に関してなんですけれど」

大きく脱力しながらも遼子は言って、この間の疑問点をぶつけてみた。

どうして社殿の配置が、L字形になっているのか。昔は二社、あるいは三社の直列が良く見られたというが、どちらにしてもL字形は例外的なのではないか。かといって、もちろん軍陣の構えだという説には賛成できない。

「あんたは」と火地は言う。「もちろん、住吉大社の主祭神が誰だか、知っておるだろう」

「はい。表筒男命・中筒男命・底筒男命の、住吉三神です」

「そういうことじゃ」

「え。何がそういうことなんですか？」

「改めて言うまでもなく、筒《つつ》は星じゃ。そして『星』たちは、朝廷から毛嫌いされておった海神たちのことじゃ。だが一方、海にかかわる暮らしをしていた人々は、夜空に輝く星を非常に頼りにしていた。暗い海の上でも、方角を教えてくれるのじゃからな。まさに、命に関わる問題じゃ」

「……それで？」

「それで、じゃないわい」

火地は吐き出すように言うと、どこからか一枚の図を取りだした。遼子が覗き込むと、それは星座図だった。

「これは――」

「北極星と共に、海人たちが非常に重要視しておった」

「オリオン座ですね。これが、ベテルギウスで、こちらがリゲル」

「そうじゃ。しかし今は、そっちではない」

と言って火地は、オリオン座の中央、一直線に三つ並んでいる星の上に、今にも折れそうなほど細く白い指先を置いた。

　ああ、と遼子は思い出す。

「この三つの星が、表筒男命・中筒男命・底筒男命にたとえられることがあるという話を、どこかで読みました」

「左下から」火地は言う。「アルニタク、アルニラム、ミンタカじゃ。オリオンのベルトとなって、三つ並んでおる」

「まさか、これが住吉大社の社殿配置だと？」

「違うと言うのか」

「い、いいえ。確かに一直線に三つ並んでいますけれど――」

　それだけでは根拠が弱い、と言いかけた遼子に、

「神功皇后もおるぞ」と言って、アルニタクの近くを指差した。「この伴星じゃ」

「えっ」

　遼子は目を見開いて、火地の指先を覗き込んだ。

「本当です！　アルニタクのすぐ脇に、小さな星が。つまり、アルニタクが第三本宮だとすると、この伴星が神功皇后の第四本宮！」

「――と、わしが勝手に考えておるだけじゃがな」

　火地は、今日初めて悪戯っぽい顔で笑った。

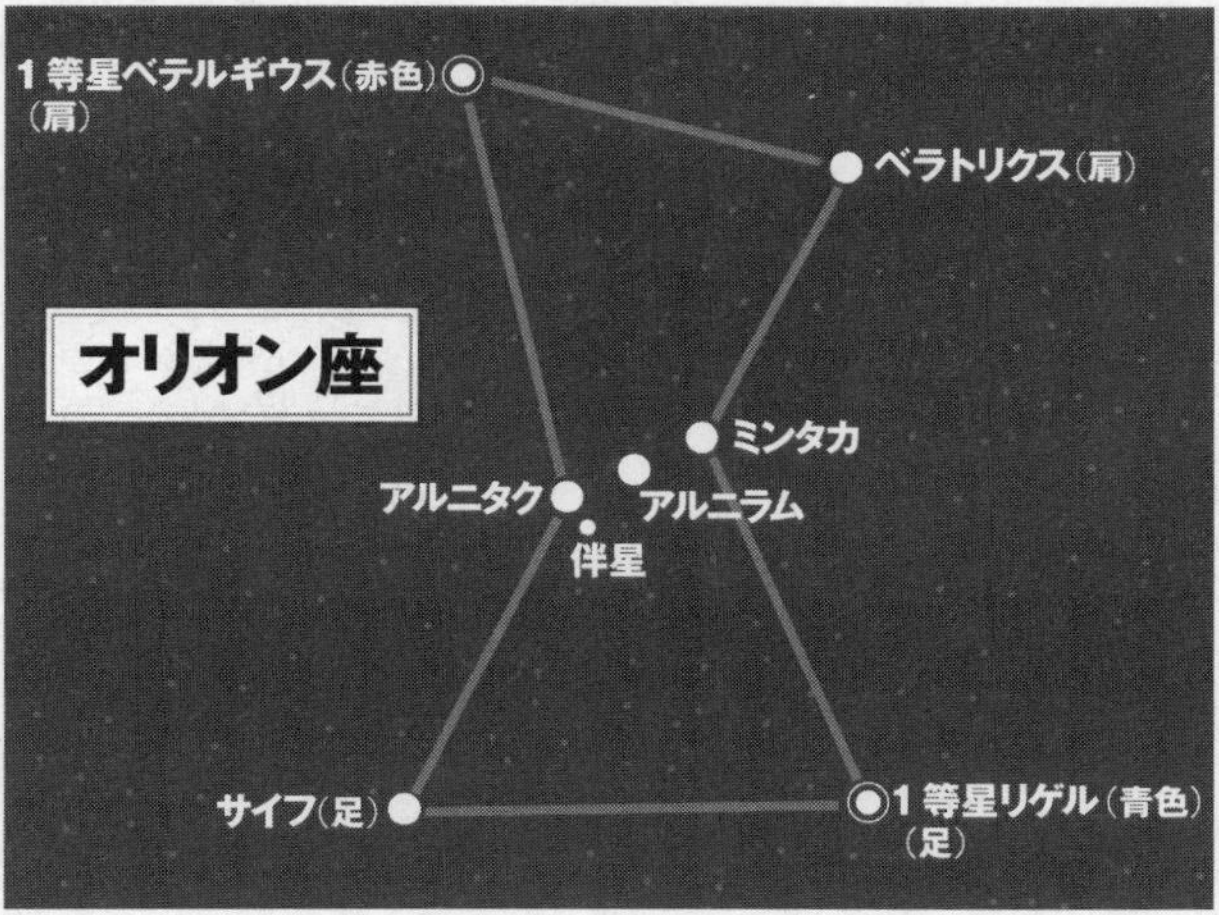

「しかし、朝廷に嫌われ抜かれておった星、筒男神じゃ。充分に可能性はある。星・筒といえば『虚言』『嘘』『暴言』『空っぽ』『不吉』などなど、ありとあらゆる悪口が付与された。それこそ『恙《つつが》無く』などもな」

「無事でいるとか、息災という意味の『恙無く』がですか」

「そうじゃ。どうやっても『ヨウ』としか読めん『恙』という文字に、後からわざわざ『つつが』という読みをつけ足した。そして、害虫の『ツツガムシ』を表した。しかし、これもまた本来は『つつ』じゃ」

「……そうなんですか」

「そうでなかったら、この場合の正しい

日本語は『恙《つつが》無く』じゃろうが。それをわざと『恙無く——つつが無く』と言う」

「ああ……」

遼子は火地の言葉に頷きながら、呟くように言った。

「私、もう一度改めて住吉大社に行ってみます。今日、火地さんから教えていただいた視点で見直せば、また何か新しい発見があるかも知れないので」

「そうじゃな」火地も素直に同意した。「ちなみに、大社の社殿でいえば全員が、あの世である『西』を向いておる。出雲大社《いずもたいしや》の大国主命《おおくにぬしのみこと》や、松島・鹽竈神社の鹽土老翁と同様にな。誰もが、怨霊じゃ」

「なるほど……」

「それと、大阪まで行くのなら、神戸の本住吉神社も行け」

「そうです！」と遼子は、目を輝かせた。「それも疑問だったんです。現在の住吉大社と、本住吉神社と、どちらが大元だったんだろうって」

「そりゃあ、本住吉神社に決まっておるだろう。読んで字の如しじゃ」火地は、あっさりと答える。「元出雲、元伊勢、全て文字通り『元・本』になっとる神社だからな」

「名称はそうですけど……」

眉を顰《ひそ》める遼子に向かって、

「あんたは『書紀』を読んでおらんのか」火地は苦笑する。「神功皇后摂政元年の条じゃ」

「忍熊王たちとの戦いの場面ですね。確かにその場面で、神戸の廣田神社、生田神社、長田神社と共に、住吉神社と思われる神社も登場しますから、やはり他の三つの神社の近辺に建立されたのではないかとも思えますけど――」

「そういう意味ではない」火地は言った。「きちんと書かれとるだろうが。我が和魂《にきみたま》を、大津の渟名倉《ぬなくら》の長峡《ながお》に置け。『便《すなわ》ち因《よ》りて往来《ゆきかよ》ふ船を看《みそなわ》さむ』――とな。現在の地形はすっかり変わってしまっておるが、往時の海岸線は、もっと大きく陸地に喰《く》い込んでいた。現在の廣田神社の辺りまでな。まさに、湾じゃ。そしてそれぞれの神社は、殆ど海岸線近くに建っていた」

「そういうことなんですね……」

大きく首肯する遼子に、火地は更に言う。

「神戸まで行くのなら、敏馬《みぬめ》神社も参拝したらいい」

「みぬめ神社、ですか」

「場所は、やはり昔の海岸線、生田神社と本住吉神社の間くらいに鎮座しとる。『延喜式』にも『生田・永田・敏馬』と載っておるし、この辺りの地を歌枕《うたまくら》にして詠まれた歌は、『万葉集』を始めとして、多くの勅撰和歌集に載っておる。もちろん歌人は、柿本人麻呂、山部赤人《やまべのあかひと》、藤原定家《ふじわらのていか》、そして吉田兼好《よしだけんこう》から賀茂真淵《かものまぶち》まで、錚々《そうそう》たるメンバーじゃ」

「それ程までに有名な地に建つ神社……。祭神は、どなたでしょう？」

「素戔嗚尊・天照大神・熊野座大神《くまのにます》じゃが、実質、素戔嗚尊と天照大神ということじゃな。そして、敏馬の古地名は『汶売《みぬめ》（女）』『三犬女《みぬめ》』に始まるといわれとる」

「何か、嫌な雰囲気です」

「その通りじゃ。そのまま『見ぬ女《め》（見たくない女）』とされた神なんじゃからな。『汶売』の『汶』は『暗い』『道理に暗い』という意味の他にも『汚い唾《つば》』『恥』の意味を持っておる。唾を吐《は》きかけたい女、恥多き女のことじゃ。ちなみに、類語の『昏』も『暗い』『日暮れ』『暗闇』『結婚する』『略奪婚』などの意味がある。またその一方で、これを『敏馬』、つまり『敏《さと》き馬』と書き表しているのは、馬《まん》——女陰が敏感という意味じゃ」

「え……」

その言葉に思わず絶句した遼子に構わず、火地は続けた。

「貶《おとし》めた意味での、浮かれ女のことじゃ。但し、誰も好きこのんでそうなっとるわけ

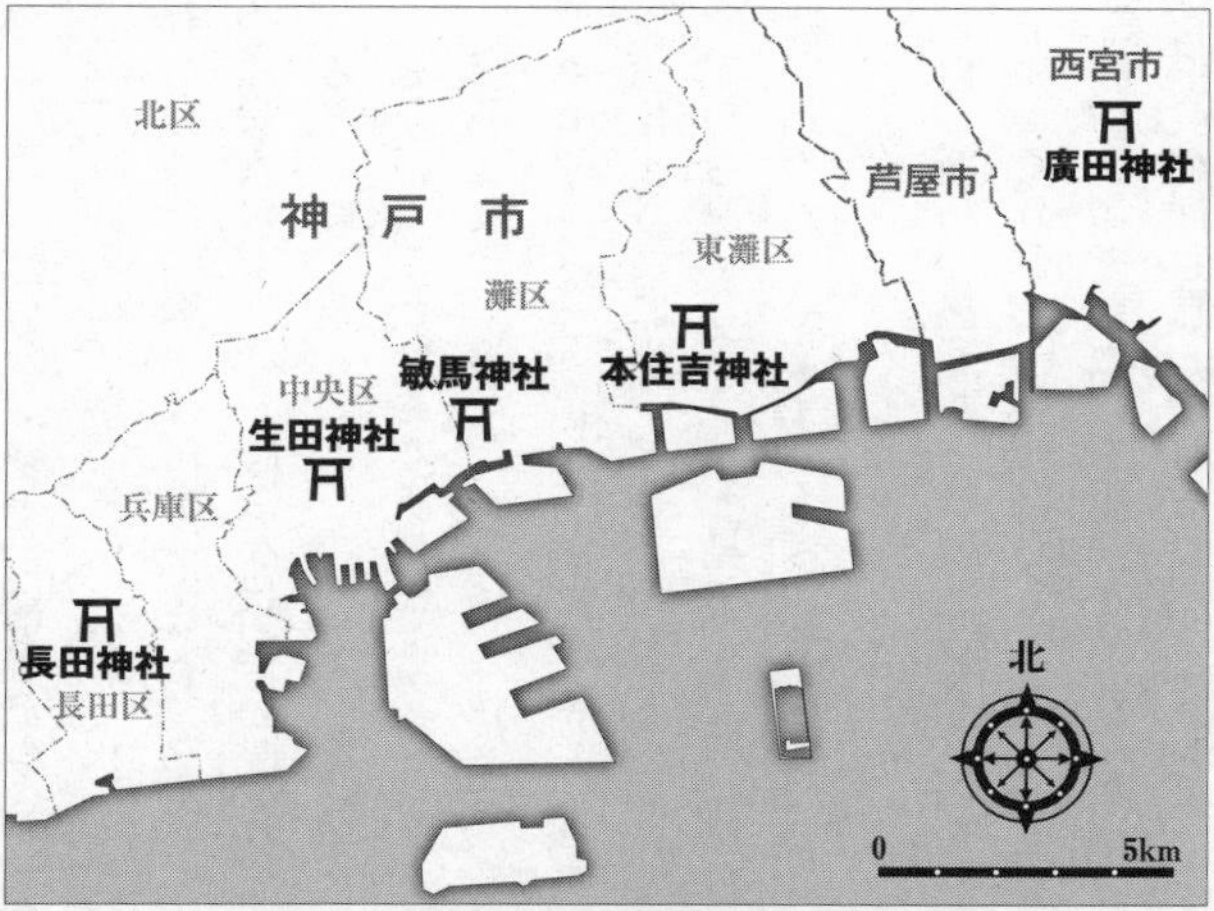
西宮市
廣田神社
芦屋市
北区
神　戸　市
東灘区
灘区
敏馬神社
本住吉神社
中央区
生田神社
兵庫区
長田神社
長田区
北
0
5km

六甲山
廣田神社
往古の海岸線
本住吉神社
敏馬神社
生田神社
長田神社
大坂城
大坂城の台地
大阪住吉大社
往古の海岸線

ではない。むしろ、愛する相手と会うこともできずに、心も体も悶《もだ》えておる状況じゃ。それゆえに、かつては、婚礼の行列が敏馬神社の前を通ると必ず離婚するといわれておった。敏馬神が婚姻をそねみ、妨害すると考えられたからじゃな。市杵嶋姫命《いちきしまひめ》や弁財天のような、悲惨な状況に置かれている神なんじゃ。ぜひ、お参りして差し上げるといい」

「そういうことなんですね……」

遼子は大きく頷くと、

「ありがとうございました」力なく深々と頭を下げた。「本当に、勉強になりました。伶子さんにも、ぜひよろしくお伝えください。感謝していますと」

そんな遼子をチラリと見て、火地は無言のまま万年筆を手にすると、再び原稿用紙に向かった。そこで二人は、飲みかけのコーヒーもそのままに、猫柳珈琲店を出た。

再び新宿の裏通りを彷徨《さまよ》い歩きながら、遼子は今の火地との会話を、範夫に向かってゆっくりと——自分自身も、もう一度咀嚼《そしゃく》するように——伝えた。

最初は範夫も激しく憤慨していたが、その反論が一つずつ論破されてゆく度に、うな垂れて押し黙ってしまった。そして、

「やっぱり」と範夫は最後に言った。「『住吉大社神代記』は、偽書だったんじゃないか。もしくは、その部分だけ後から書き加えられたとか」

「そんなことも、火地さんが言っていた」遼子は弱々しく笑う。「でも、真実だからこそ、それが書かれている書物を『偽書』に見せるというパターンもあると思う。これは、私の考えだけど」

「焚書《ふんしょ》に遭わないように？」

「そういうこと。真実を後世に伝えるために、これは偽書ですって敢えて最初から主張するの」

でも、と範夫は訴える。

「とても信じられないよ！　日本は、そんな昔から女系天皇――」

そこまで叫んで、範夫は自分の口を押さえると周囲を見回した。だが、少ない人通りの路地は、たまに地元らしき人間が足早に通り過ぎてゆくだけで、誰一人として範夫の声に耳を傾けてなどいなかったようだ。

「これからどうしましょう」遼子は眉根を寄せる。「ひょっとすると、潮田教授も同じような壁にぶつかっていたのかも知れない。いえ、何となくだけど……」

「というよりも」範夫は、わざと強気に言った。「気にすることなんか、ないんじゃないか。たかが、老幽霊が言っていたことなんだろう。幽霊の戯言《たわごと》だ。全然、現実的じゃないし」

「それでも私、やっぱり大阪と神戸に行ってみるわ。実際に足を運ぶと、行く前には予想もしていなかった事実を見つけられることが、経験上も多いから」

「そう……だね。良かったら、ぼくもつき合うけど」

「ありがとう。でも、もう一度全部考え直してみる」

と言って、顔を上げた。

「そうだ。笛子さんにも連絡してみるわ」

「ああ、それがいいよ！　彼女のお父さんも、色々と詳しそうだし」

「うん」

遼子は携帯を取り出すと、笛子の連絡先に電話する。しかし、何度コールしても繋がらなかった。

「取りあえず着信が残るから、帰ったら、また連絡してみるわ」

と言って、その日は範夫とそのまま別れると、遼子は自分の部屋に戻ってから再び電話した。しかしこれも繋がらず、翌日も笛子からは何の連絡もないまま、また一日が過ぎていった。

火が消えたようになってしまっていた潮田研究室が、更に静かになった。

一番若手で張り切っていた遼子が、口数も少なくなり、他の助手が話しかけても、

「ええ……」

という曖昧《あいまい》な返事しか戻って来なかったからだ。そして、普段ならば決して犯さないようなケアレスミスを連発して、余計に落ち込んだりもしていた。

何度か範夫から連絡が入っているのだが、

「もう少し、一人で考えさせて」

と言って、電話口で二言三言話す程度で終わらせた。そして一人で、神功皇后に関するさまざまな資料に目を通していた。

〝でも……〟

遼子は、本のページをめくる手を止めて、嘆息する。

今の状況では、昔人たちがそう試みたように、神功皇后を他の女帝たちの投影、あるいは全く架空の人物と考えない限り、火地の説を引っ繰り返すのは難しい。

というより、架空の人物としてしまいたいと考えた人々が、過去に大勢いたという事実が、火地の説を裏から証明していることになりはしないか。

とはいうものの『書紀』が、わざわざ一巻費やして書き残しているのだから、やはり神功皇后は実在していたことに間違いないだろう。となると、やはり武内宿禰との「密事」と応神天皇誕生の件が引っかかってくる。大きなネックになる……。

いっそのこと、このまま潮田に伝えてしまおうか。いや、もう一度文献に直接当たって、どのように論点をまとめるかが問題になってくる。

遼子は再び、大きく嘆息する。

これはもう、範夫が言っていたように、たかが幽霊の戯言として片づけてしまった方が楽なのではないか。

〝戯言――〟

とはいっても、火地は決して偽の情報をもとに喋っていたわけではない。一応、公に認められている事実を並べて話をした。ただ、その結論が、世間一般の常識とは余りにかけ離れているというだけの話だ。

〝それなら、どうする……〟

遼子の思考は、堂々巡りを続ける。そして、精神的に鬱々《うつうつ》と落ち込んでゆき、一日が終わるのだった。

そんなある日の夕暮れ。

大学での仕事を終えた遼子が、渋谷駅で都バスを降りると、後ろから声をかけられた。えっ、と思って振り返れば、

「笛子さん！」

遼子は目を丸くして見つめる。

相変わらず色白の顔に朱色の唇。そして、背中まで届く黒髪を黄昏の風になびかせて、学生カバンを手にした笛子がにっこりと微笑んでいた。

ひょっとしたらこの女の子は、何年経ってもこのままの容姿なのではないか——。

そんな空想を抱いてしまうほど、笛子の姿は映画のワンシーンのように、都会の街の風景に溶け込んでいる。

「笛子さん、あなたと連絡を取りたかったの！　それで何度も電話を——」

「すみませんでした」笛子は、ペコリと頭を下げた。「父と一緒に出かけていたもので。また、私の父はとても頑固で、携帯などそんな世俗的な物を持ってくるなって」

近頃多くの人たちが持つようになった携帯電話は、まだ全家庭に普及しているとはいえないが、いずれ一般的になって、誰もが使うようになるだろうといわれているのに、今時、珍しい父親だ。

「それで」と遼子は尋ねた。「お父さまと一緒に、どちらへ行って来たの？」

「丹後国・天橋立。籠神社です」

「素敵じゃない」遼子は、素直に微笑んだ。「じゃあ当然、奥宮の真名井《まない》神社も？」

「もちろんです」笛子は頷く。「でも、最近はパワースポットだとかいわれて、そのためだけにやって来る参拝者——というより、興味本位の観光客がとても増えてしまったから、いずれ、真名井神社は立ち入り禁止にしなくてはならないかも知れないと、宮司さんが嘆いていらっしゃいました」

「そう……」遼子は顔を曇らせる。「とっても残念だけど、仕方ないわね」

「仕方なくはありません」

「えっ」

と尋ねる遼子に向かって、

「簡単な話です」笛子は目を輝かせた。「そういう人たちには、行ってもらわなければ良いんです。自分のことだけを思って参拝しようなんていう、欲深く邪《よこしま》な心を持った人たちは」

「そうは言っても、無理でしょう……」

「簡単です。彼らを神に近づかせないようにする」

「やっぱり、立ち入り禁止にするということね」

「そ、そういう方法もありますね」

意味深な顔で笑う笛子の言葉に、何か引っかかるものを感じたが、今は、そんなことを聞いている場合ではない！

遼子には、もっと切実な話がある。

「それで、笛子さん」遼子は、真剣な顔に戻った。「何度もお電話したのはね、この間のお話の続きで、ちょっとお訊きしたいことがあったの」

「私にですか？」

「あなたと、良ければあなたのお父さまに」

「父はともかく」笛子は唇を尖らせた。「私ならば、いつでも」

「といっても」遼子は、大勢の人々が二人のそばを通り過ぎてゆく風景を見回した。

「ここで立ち話というわけにもいかないから……喫茶店にでも入りましょう。どこか静かで、ゆっくりお話ができるような」

でも、と笛子は顔をしかめる。

「喫茶店だと、どうしても隣の席の人が気になっちゃって、私、余り得意じゃないんです。むしろ、公園のような場所が」

「といっても、代々木公園も新宿御苑も、この時間じゃ長居できないうちに閉園になってしまうわ」

「長いお話ですか？」

「少しね」

「でも、御苑ならば大丈夫ですよ。ここからも近いし」

「そうだけど……」

遼子は、先日の由起子の事件を頭に浮かべて、困った顔をした。あの事件は、新宿御苑近くで起こっている。関係ないとはいっても、やはり気にしてしまう。

「公園は止めましょう。もうすぐ、暗くなるし」

そうですか――、と笛子は考える。

しかしすぐに、パッと顔を明るくした。

「じゃあ、私の知人が持っているビルが、青山にあります。そこの屋上というのは、いかがですか」

「屋上？」

「私はいつも、一人になって考え事をしたい時に上らせてもらうんです。秘密の隠れ家的に」笛子は少女のように笑った。「今日なんかだったら、きっと涼しいし、夜になると街の灯《あか》りと星が両方見えて素敵なんですよ。夏になれば、神宮外苑の花火も見えますけど、私は余り興味がありません」

「そんな場所に、私が？」

「遼子さんならば、喜んでご招待します」

「ご招待といわれても、まだ二回しか会ったことがないのに」

「私、こう見えても」笛子は胸を張る。「人を見る目があるんです。それが唯一の取り柄。だから、ぜひ行きましょう！」

「そ、そう……」そこまで言われては、断り切れない。「じゃあ、そこでお話を」

「善は急げ！」

笛子は嬉しそうに、遼子の腕を取る。

その時、ふわりと伽羅の香りがした。

二人は、途中のコンビニで飲み物を買って、青山に移動する。

笛子に連れられて遼子がやって来たのは、青山通りから一、二本入った裏通りに建っている、一階がお洒落《しやれ》なイタリアンレストランのビルだった。二階以上は、オフィスやマンションになっているらしかった。

そのビルの前に立って、笛子は遼子を振り返る。

「ちょっと待っていてください。オーナーに許可をもらってきます」

そう言い残して、大きなガラスの扉を開いて店内に入って行った。そして、髪をオールバックに撫でつけて髭《ひげ》を生《は》やした店長らしき男性と言葉を交わすと、微笑みながら戻ってきた。

「許可をもらってきました。上がっても良いって。さあ、行きましょう」

二人はエレベーターに乗って最上階へ。そして、おそらく誰も使っていないと思われる暗いフロアを歩くと、笛子は廊下突き当たりの鉄の扉の鍵を開けた。そこから、ひんやりとした階段を上って、ビルの屋上に出ようとしたのだが、笛子の手が滑《すべ》ったのか、重い扉が閉まりそうになる。

「あっ」

と叫んで、遼子は扉を押さえた。

「ごめんなさい！」笛子は覗き込む。「大丈夫でしたか？」

「平気平気」遼子は笑いながら、取っ手を握って扉を開けた。「どうってことないわ」

「良かったです」

笛子も微笑み、遼子は彼女の後から屋上へ出た。

すると、

「わあ……」

遼子は、目を見張った。

この場所は、四方にそびえ立つビル群から離れているので、都会のスポット的に快適な空間が広がっている。しかも、眼下には青山の街並みが続く。目を移せば、緑に続く並木道は表参道。そして、その遥か向こうに広がっている森は、明治神宮と代々木公園だろう。これで夜ともなれば、燦《きら》めく灯《とも》りが点り、青山通りを走る車のライトが輝くに違いない。

景色を眺めていた遼子に、笛子は言った。

「いつも、ここに腰を下ろすんです」

そして、空間をぐるりと囲んでいる鉄柵《てっさく》に、寄りかかるようにして腰を下ろした。

「ああ、気持ち良い」

笛子は目を閉じると、夕暮れの風に身を任せる。艶やかな黒髪が、風にサラサラと美しく流れた。吹きつける風は強かったけれど、今の季節なら確かに心地好い。

「遼子さんも、こちらへ」

そう言われて遼子は笛子に近づいたが、先日、図書館で会った時の真面目な女子高生から、今は遼子の目から見ても、どことなく妖艶《ようえん》な匂《にお》いのする女性になっていた。

あの時——。

普段は余り他の女性に興味を示さない範夫が、笛子には、少し心を惹かれていたのが手に取るように分かった。

もちろん、遼子たちはきちんとつき合っているわけではないから、お互いにカレシでもカノジョでもない。特に遼子などは、範夫を「弟」のように感じている。だからこそ、範夫の心中が——霊感に頼るまでもなく、しっかりと見える。

ここ数日、遼子の心が穏《おだ》やかではないのは、そんな理由もあるのか。弟のように思って一緒にいた範夫と遼子の間に笛子が加わったために、二人のバランスが崩れてしまった。

いや、それは遼子の思い過ごし——。

そんなことを考えていた遼子の耳に、

「それで?」

という笛子の言葉が届き、遼子はハッと我に返った。

「そ、そうなの」遼子は、笛子の隣に腰を下ろした。そして「実はね——」と口を開くと、先日の火地との会話をかいつまんで伝えた。もちろん、火地の正体は明かさない。

だが、その話に真剣な面持ちで耳を傾けていた笛子は、

「そういうこと、なんですね……」と目を細めて頷いた。「でも、それが本当の話だとすると、色々と面倒なことになりますね」

「そうなのよ」遼子は、暗い顔になる。「どちらにしても、最後は潮田教授に持って行こうと思ってるんだけど、どういう形でまとめたら良いか……。そこで、第三者的に笛子さんのお父さまのご意見も伺いたいと思って」

「分かりました」笛子は、蠱惑《こわく》的に微笑んだ。「いずれ伝えます。父が何と言うかを」

「できれば、早くお願いしたいの」

「そう……ですね。考えます」

「よろしくお願いね」

という遼子の言葉に、笛子は冷たく見つめ返してきた。

「でも、その返事が早くても遅くても、遼子さんにとっては同じだと思いますけど」

「えっ。どういうこと？」

「結果を耳にできないかも。残念ですけど」

「残念……って？」

尋ねたのと同時に遼子の背すじが、ゾクリ、として全身が震えた。見れば、両腕に

鳥肌が立っている。

何なのだ、この感覚は。

思わず辺りを見回した遼子の本能が、霊感が叫んだ。

危ない！

しかし、何が危ないのか。

すると、再び周囲に気を配る遼子の耳にどこからか、

ケン……。

という、澄んだ鳴き声が届いた。

5

平日の夕方だというのに、青山通りも表参道も、相変わらず人と車で溢《あふ》れかえっていた。

サラリーマンやOLはもちろんだが、おそらくこの大半は、観光客や遊びに来ている人々だ。そして年々、この街を訪れる人々の年齢層が低くなってきていることは間違いない。大人は若者の領域になかなか足を踏み込むことをしないが、いつの世も若者は大人の世界に少しずつ入りこんでくる。

警視庁捜査一課警部補・本城忠志《ほんじょうただし》は、窓の外を流れる景色を眺めた。

といっても、その年齢層に善悪を感じているわけではない。年齢が高ければ善く、低ければ悪い、あるいはその逆も、何らの価値基準にはなり得ないからだ。ごく当たり前の話だが、善良な大人もいれば、悪質な大人もいる。真面目な若者もいれば、どうしようもない若者もいる。その割合だって殆ど変わらないし、単純な二元論では片づかない。特にこの都会には、本城たちの想像を絶するほど、種々雑多な人々が暮らしているのだ。

そして今回の事件は、悩める若い女性の飛び降り自殺。

実際この国では、一般に報道されている以上に、自殺事件が多い。日々、誰もがさまざまなストレスを抱えて生きている——。

本城は、青山通り裏に建つ七階建てビルの現場に到着すると、張り巡らされた立ち入り禁止テープをくぐり、狭い裏庭に移動した。見上げれば、遥か上にビルの屋上の鉄柵が鑑識たちのライトに照らされて鈍く光っていた。今回の自殺者は、あの辺りから飛び降りたのだという。

本城の姿を目敏《めざと》く見つけて走り寄って来た巡査と、一言二言言葉を交わし、遺体を覆っていたシートをめくって覗き込みながら、本城は若く真面目そうな巡査から説明を聞いた。

「飛び降り自殺と見て、間違いはないかと」

「身元は？」

「屋上の遺留品から——」巡査は手帳を開いた。「永田遼子、二十五歳。渋谷区在住の女性です。その他、職業などの詳細につきましてはただ今確認中ですので、また後ほど」

「人生、まだこれからというのにな……」

首を振ると本城は遺体搬送の指示を出し、改めて身元確認を急ぐ巡査を残して、ビルの屋上へと向かった。

エレベーターで七階まで上り、暗い階段を通り抜けて屋上に出ると、そこには広々とした空間が開けていた。心地好い夜風が吹き抜け、眼下には表参道や、青山の街の灯りが燦めいている。見上げれば、夜空に月もかかり、こんな事件さえなければ、都会の隠れ家的なスポットになるのではないか。

しかし、屋上を取り囲む鉄柵も、それほどの高さはない。確かにこれならば、女性でも簡単に乗り越えられてしまうだろう。

本城は、その鉄柵のそばで立ち働く鑑識の一人に声をかけた。するとその鑑識は、「ああ、警部補」指紋採取用の刷毛《はけ》を手に挨拶する。「お疲れさまです」

「状況は、どうだね」

「まだ途中ですが、おそらくは自殺で間違いないでしょう」

「遺書は？」

「発見されていません。しかし、今回の自殺者は、この場所でかなり悩んだとみえて、あちらこちらと足早に移動しているようですね。だから、かなり発作的に柵を乗り越えてしまったんじゃないでしょうかね。それで、遺書も用意していなかった」

「遺留品は？」

「後ほど、全て警部補のもとへお届けします」

頼む、と本城は頷いた。

「他には、何か見つかったかね」

「色々な人間の足跡も残っていますが、特にこれといって……。あと、犬猫のような足跡も」

「犬猫が、こんな場所まで来たのか？」

「誰かが、連れてきたんじゃないですか。居住者とか」

「この屋上へ？」

「そうだとしか考えられませんね。何せ」と鑑識は柵の外に視線をやった。「隣のビルとも、こんなに距離がありますから、飛び移ってきたとは、とても思えません。このビルの人間が、遊ばせたんでしょう」

「このビルの人間が、か」

「ええ」

そういえば、と本城は屋上へ出る扉を振り返った。

「あそこの扉は、鍵が掛かっていなかったのかな」

「それなんですが」と鑑識は眉根を寄せた。「さっき、ビルのオーナーと一階のレストランの店長の話を聞いたんですがね、普段は必ず鍵が掛かっているはずだと言っていましたが、今回は掛かっていなかったようで」

「最後に上がってきた人間が、掛け忘れたままになっていたのか」

「そう思いますが、その辺りは警部補の方から、もう一度確認していただけますか」

「そうしよう」と本城は頷いた。「じゃあ、引き続きよろしく頼むよ」

にっこり笑って答える鑑識を残して、本城は再び扉へと向かう。そして、重い扉を開けて階段を降りようとした時、背後からの月光でキラリと光る物が見えた。

〝何だ……？〟

本城は手を伸ばして、つまみ上げる。

それは、一本の長い針のような物だった。いや、針というほど硬くはない。喩えてみれば、極細のワイヤーか、それとも獣の体毛のような――。

本城は、念のためにそれをハンカチに包んで胸ポケットにしまうと、暗い階段を慎重に歩いて行った。

一階まで降りると「準備中」の札が掛けられたレストランに、このビルのオーナーと、髭面の店長が神妙な顔で待っていた。オーナーは普段、永田町のオフィスにいるため、この事件に関しては店長から連絡を受けて知り、あわてて駆けつけたという。

早速本城は、二人から話を聞く。

もちろん、自殺者とは全く面識がないし、第一どうやって屋上へ上がったのか想像もつかない。そしてやはり、あの扉には常に鍵が掛かっているはずなので、と二人は口を揃えて答えた。

「普段、あの扉の鍵は?」

尋ねる本城にオーナーは言う。基本的には管理会社に任せてあるのだが、屋上の鉄柵も低く、その上、古くなっていて危険なので、誰も上がらせないことになっている。だから鍵は、オフィス使用者も居住者も持っていない。管理会社以外はオーナーと、万が一のためにレストランに一本置いてあるだけだ——と。

「今、その鍵はありますかね」

本城の問いに店長は「はい……」と答えると、店の奥の事務室の引き出しから取りだして見せた。そして、ここ数年は使ったことがないと証言した。

最後に管理会社の人間がやって来た際に、掛け忘れてしまったのだろうか、と本城は思った。まさか、わざわざあの扉の合い鍵を作って、飛び降り自殺を試みる人間もいないだろう。どうしてもこのビルの屋上から、という偏執狂的な考えの持ち主でない限り、そんな手の込んだことはするまい。

しかし、たまたまこのビルを選んだという考えも、何かしっくりこなかったので、本城は二人に自殺者に関して再確認した。だが、オフィスの人間でも居住者でもないようで、オーナーにしてみれば、むしろとんだ災難を被《こうむ》ったという表情が顔に表れていた。

「それと」と本城は訊く。「屋上には、犬猫らしき動物の足跡が残っていたようなんですが、それについて何か心当たりは？」

二人は、お互いに顔を見合わせるばかりで、首を横に振った。そして、そんな動物を飼っている居住者もいないはずだと答えた。改めて一人ずつ確認はするが、おそらく外部からの不審者が連れて来たのだろうと言う。

「エレベーターの、モニターは？」

尋ねる本城に、オーナーは困ったような顔で答えた。数日前に何者かの悪戯で壊されてしまい、修理を頼んでいるところなので、現在は使用していない――。

そこで本城は、彼女が店の前を通った姿を見かけなかったか、と店長に尋ねたが、「はい」と店長は顔をしかめて「全く」と答えた。

「それらしき人影も？」

　念を押して尋ねる本城に、

「そうですね……」と店長は、顎髭を撫でる。「ただ、その女性ではないんですが、女子高生が一人、道を尋ねに来ました。髪が長くて綺麗な、どこかのモデルのような子でしたが」

　長い髪ならば、今回の自殺者ではない。彼女は、肩までのショートカットのヘアスタイルだった。

　だが、と本城は言う。

「青山通りの交番ではなく、こちらのお店で道を？」

「この店が前から気になっていた、と最後に言っていました。次は両親と来ますと」

　ふん、と本城は鼻を鳴らす。

　無関係とは思うが、何となく引っかかる。

　その後、細かい質問をいくつかすると、本城は二人を解放し、もう一度屋上に戻って鑑識と話をしてみようかと思った時、巡査が「警部補」と言って駆け寄ってきた。

「どうした？」

　尋ねる本城に、彼は告げる。

「これは偶然かも知れないんですが、一応、ご報告をと思い」

「何だ」

「今回の自殺者の職業の確認が取れました。國學院大學の助手だったそうです。しかも」と言って、巡査は声を落とした。「またしても、潮田研究室です。警部補もこの件はご存知と思いますが、野犬らしきものに嚙み殺された被害者が二名出ている、その同じ研究室です」

「何だと？　どういうことだ。何か関連があるのか」

本城が睨みつけると、巡査は無言のまま、情けなさそうに首を傾げた。

＊

永田遼子の投身自殺の報《しら》せに、既に沈鬱だった潮田研究室は、完全に火が消えたようになった。

ここにきて、ようやく警視庁も動き始め、念には念を入れるという意味で、広岡哲や藤本由起子の事件との関連性も改めて調べられることになった。そのため、潮田のゼミや講義は数日間休みとなり、助手たちも警視庁の事情聴取を受けながら、個人個人で研究を進めるという、関係者にとっては厳しい状況に置かれてしまった。

潮田のもとへも連日のように警視庁の刑事がやって来ては、色々な質問をしてゆく。これには、さすがの潮田も疲れ果てている様子だった。

そんなある日、やはり範夫も呼び出された。警視庁の刑事から、直接事情聴取を受けるのだという。その理由は非常に単純で、遼子ととても親しくつき合っていた学生だから、ということらしかった。

しかし考えてみれば、しばしば潮田研究室の遼子のもとへ遊びに行っていたし、その後二人で帰ったことは何度もあった。そして範夫が、潮田教授の著書の愛読者であり、いずれは研究室に入りたいと望んでいることは誰もが知っていたので、やはり同じように潮田を尊敬している遼子とは、真面目に交際していると研究室の誰もが思っていたようだ。もちろん範夫も、いずれきちんとつき合いたいと考えていたし、遼子もきっと、同じように思っていたはずだ。

しかし——。

遼子が心の奥底に秘めていた暗闇に、範夫は全く気づかなかったというのだろうか。それとも遼子は、まだ範夫に対して自分の素顔を見せていなかったのか……。

範夫の心は、鬱々と沈む。

だが、自殺事件で、常にそれほど多くの人々の話を聞いて回るものなのか。そのあたりのシステムは知らないが、ひょっとすると同じ研究室の人間が、立て続けに三人も死んでいるので、何らかの関連性を疑っているのか。

まさかそんなことも——。

範夫が、呼ばれた会議室のイスに沈み込みそうになるほど腰を下ろしていると、

「失礼」

と声がして、背の高い刑事が若い警官を連れて、ドアを開けて入ってきた。緊張して体を硬くしている範夫に向かって、その刑事は、捜査一課警部補の本城だと名乗った。たっぷり日焼けした細面の顔には、うっすらと口髭を生やしている。いかにも刑事ドラマに登場していそうな、渋い中年の刑事という風貌だった。

範夫が、

「文学部二年の……加藤範夫です……」

上目遣いのままで自己紹介すると、

「この度は、非常に残念でした」

本城は、範夫の目の前のイスに腰を下ろしながら言った。

「このような時に恐縮なのですが、亡くなった永田遼子さんと親しい方と伺ったの

で、少しお時間を頂きたい」

「は、はい」範夫は頷く。「ぼ、ぼくでよければ」

すると本城は「では」と言って、いきなり二人の関係を尋ねてきた。余りにも単刀直入な質問だったが、範夫は正直に答える。まだ恋人未満だったが、いずれそういう関係になる可能性はあった。特に、二人共に潮田教授を尊敬していたし、そういった面でも話が合った——。

「もちろん」と本城は言う。「同じ研究室の方が、続けて二人も亡くなってしまったというお話も、しましたね」

「遼子さんも、かなり落ち込んでいました。特に、藤本由起子さんとは仲が良かったようなので、とてもショックをうけていました」

「あの事件は、遼子さんの心に影を落としていたと思われますか」

「間違いなく……」

「なるほど」

と頷いてイスの背に寄りかかった本城に、最初からずっと心に引っかかっていた質問を、範夫は思い切って投げかけた。

「あ、あの、一つお訊きしたいんですけど!」

「何か？」

「こういった自殺事件では、警視庁の刑事さんたちが、こんなに詳しく事情聴取されるものなんですか？　それとも、今回は特別なんでしょうか」

するとと本城は、じろりと範夫を見た。

「また後でお話ししようと思ったんですがね。今回は、いくつか小さな疑問点が浮かんでいるもので」

「疑問点というと！」範夫は身を乗り出す。「もしかして、遼子さんは自殺ではなく――」

いや、と本城は首を振る。

「おそらく、それはそれで間違いないと思いますが、少し気にかかる細かい点が、色々とあるんです」

「それは、どんなことですかっ」

「今のところ、まだお伝えできません。単に、我々の気の回しすぎかも知れないのでね。だから、こうして周囲の方々に詳しくお話を伺っているんです。それで――」

と本城は範夫を見た。

「加藤さんは、最近の遼子さんに関して、何か変わったような印象を受けたことは？」

「なくはないですけど……」

「当日は？」

「会っていません。何か、一人で考え事をしたいということで、電話だけで」

「声の調子などは、どうでしたかね」

「少し暗かったような……」

本城は、手帳を開いてメモを取る。

「先ほども研究室の方から伺ったんですが、この頃、急に落ち込んでいたようだと」

「それは……間違いなく」

範夫は頷いた。

遼子が、例の問題で悩んでいたのは確かだ。火地晋という老幽霊から聞いた、女系天皇の話――。

すると本城は、

「遼子さんが、一人で考え事をしたいと言われた、その内容はご存知ですかな」

鋭い質問を浴びせてきた。そこで、

「それは」と言って視線を逸らせる。「ぼくの口からは言えないです……」

「何故ですか」

「彼女の論文に関するものなので、勝手に公にはできません。いずれ、教授にはお伝えするつもりですけど」

「潮田教授も、ご存じなかった？」

「遼子さんが、どの程度伝えていたのか……。分かりません」

「ふん」

眉根を寄せる本城を見て、
でも！ と範夫は訴える。

「それが原因で自殺なんて、とても想像できません。かなり悩んでいたのは、事実ですけど」

「分かりました。その点に関しては、また改めて検討してみましょう」本城は、再びメモを取る。「ということは、その論文に関しては、遼子さんお一人で進められていたということですね」

「はい。多分」

「その内容に関して、あなたは？」

「い、いえ……」範夫は俯《うつむ》く。「とても大雑把《おおざっぱ》な概要に関しては聞きましたけど、詳しい中身や、論の立て方などは何も」

「ちなみに、どんな分野でした」

「日本の、天皇に関する論文でした」

「また、繊細なところですな。他に、その話を知っていると思われる人物は？」

「それは……」

と範夫は口籠《くちご》もる。

それがまさか、新宿の裏通りの喫茶店にいる、火地晋という名の地縛霊だとは言えないし、言ったところで笑われてお終《しま》いだ。

「――多分、誰も」

「そうですか」本城は、メモ帳を閉じると立ち上がった。「ありがとう」

これで事情聴取は、一通り終わったらしい。そこで範夫もあわてて立ち上がると、本城に向かって再び尋ねた。

「そ、それで！　遼子さんの死因の、どこに不審な点があったんですかっ」

いや、と本城は冷静に答える。

「遼子さんが上がったと思われる屋上に出る扉の鍵がね、その日に限ってたまたま開いていたというんですよ。しかし、管理会社の係の人間に尋ねると、間違っても掛け忘れなどはないと。まあ、これはあちらの勘違いということもあるから、もう一度、確認しますがね。ただ、実際にドアノブからは、遼子さんの指紋が発見されているので、彼女が自ら開けたことは間違いない」

「そういうこと……なんですね」

「ああ。あと最後に、一点だけ。これは、どうでも良いことかも知れないんだけど」と前置きして、本城は訊いた。「遼子さんは、毛皮製品などがお好きでしたかね。当然この季節だから、襟巻きやコートではなく、持ち物などで」

「毛皮？」範夫は首を振る。「そんな話は聞いたことはないですし、少なくともぼくは、彼女が手にしているところを見ていないです」

「そうですか……」

「でも、それが何か？」

「現場の屋上に、狐の毛らしき物が何本か落ちていたようなのでね」

「狐の毛？」

顔をしかめながら首を傾げる範夫を見て、

「いや、今日は、ご協力ありがとうございました」

本城は一礼すると、警官と共に去って行ってしまった。

初めての経験ですっかり疲労困憊《ひろうこんぱい》した上に、悲しみが一気に噴き出してきて、範夫は三、四時限目の授業を両方ともパスして、アパートに帰ることにした。このままでは、精神的におかしくなってしまう。

そう思って、渋谷まで戻ったが、目の前に遼子の顔や、泣き崩れていた遼子の両親の顔が浮かんでは消えて、範夫の心は一層沈んだ。どこにも持って行きようのない怒りや悲しみや後悔の念が、波のように次々に押し寄せて来る。

人混みの中に紛《まぎ》れていても、いや、紛れようとすればするほど、抑えきれない悲しみが胸に湧《わ》いてきて、周囲の人たちの楽しそうな顔が範夫の胸を刺してくる。

一体どうしてこんなことになってしまったのだろう。

何故、遼子は自分に一言も告げてくれなかったのか。自殺なんて、そんな素振り一つ見せなかったではないか。

というより――。

さっきの刑事の疑念通り、本当に自殺だったのか？

あの遼子が？

今になっても、とても信じられない。

範夫は突然、アパートの狭い部屋に帰りたくなくなってきた。他人とは一緒にいたくないが、一人でいるのも辛すぎて嫌だ。

〝そうだ〟と閃《ひらめ》いた。

遼子とよく出かけたように、神社にお参りしてみよう。そうすれば、少しは心が落ち着くはず。ここからならば、歩いて明治神宮まで行ける。参拝してから閉門まで、遼子も好きだった神宮の杜《もり》をゆっくり巡ってから帰ろう。

そう決めて公園通りを上り、原宿方面に向かって歩きだそうとした時、

「加藤さん！」

と、後ろから声をかけられた。

範夫がハッと振り向くと、そこには、色白で長い髪の女子高生が、肩で息をしながら立っていた。

「笛子さん！」

範夫は驚いて目を見開いた。

「どうしてここに？」

「さっき、遠くからお見かけしたので、走って追って来ました」と笛子は、ひとことずつ息を継ぎながら言った。「あと、遼子さんのニュースもお聞きしました。本当に

驚いてしまって」

笛子は悲しそうに俯く。

「そ、そうなんだよ――」範夫は、笛子に近づく。「とにかく、こっちへ」

と言って、人の流れから外れる。

「そういえば、遼子さんがきみと連絡を取りたがっていたけど」

「携帯が壊れてしまって」笛子は、申し訳なさそうに答えた。「そうしたら、こんな事件が……」

「そうだったのか」

「範夫さんは、これからどちらへ？」

目を潤《うる》ませながら尋ねる笛子に向かって範夫は、今日の出来事と、そして心が落ち着くまで明治神宮を散歩するつもりだと伝えた。

「お察しします」笛子は硬い表情で頷いた。そして、「もしお邪魔でなかったら、私もご一緒しても良いですか」

と言って、黒い瞳《ひとみ》で範夫を正面から見つめた。

その視線を受けて、

「う、うん。構わないよ。もちろん」

範夫は答えたが、さっきまでの石のように重かった心が、少しだけ軽くなったように感じた。笛子とならば、同じ悲しみを分かち合える気がしたのだ。

そこで範夫は笛子と肩を並べ、明治神宮へと向かって歩きだした。

＊

人気《ひとけ》のない、古ぼけた小さな神社の境内。

夜空には、いかにも頼りなげな三日月が、ほっそりと浮かび、闇の中に二つの黒い影がある。しかし、その他には何もない。ただ深々《しんしん》たる魔の刻が支配するばかり。

そんな不穏な静寂の中で、

「それで、俺は――」

痩《や》せこけた暗い顔に、大きな目だけが異様にギラつく男が言った。男の白目は、猫のように黄色く光っているので、更にそう感じる。いや、猫の目というよりは、むしろ爬虫類《はちゆうるい》に近いかも知れない。

「今回、何をすれば良いんだ？」

「簡単なことだ」

尋ねられた男が、ニコリともせず嗄《しわが》れた声で答えた。やはり痩せぎすの体型だが、顔は大きく角張っていた。

「おまえの、一番得意な技を使ってもらえばいいんだよ、鳴石《なりわ》。催眠術だ」

ふん、と鳴石と呼ばれた男は答えた。

「俺の技を、そんな下世話な術と一緒にしてもらっては困るな」

「これは失礼した」男は、ニヤニヤと笑った。「確かにあれは、催眠術というレベルではないからな」

「次元が違うんだよ、雷夜《らいや》」

「確かに」雷夜と呼ばれた男は、素直に認める。「まるで、おまえがその相手に乗り移っているようにも思えるからな」

と言って、自分の手のひらを細い月光にかざした。

「その点、俺などは、この手のひらに『気』を集めて、神社の社殿や鳥居なんかを壊せる程度だ」

「それは、ある意味で」鳴石は笑った。「素晴らしく嫌らしい技だ——。それで、俺は今回、どこの誰にこの技を使えば良いんだ？」

「丹後国、天橋立の観光バスの運転手だ」

「観光バスの運転手だと？」鳴石は顔を歪《ゆが》めた。「どうしてまた」

「ある出来事と同時に、その男の息と心臓が止まるように」

「バスを事故に遭わせたいのならば、わざわざ俺に言わなくても、誰にだってできるだろう。バスごと破壊してしまってもいい」

「余り大事《おおごと》にされたくはないようだ。単なる事故と思われたいのだろう」

「それにしても、そんな単純なことを俺に――」

「それだけ慎重になられているんだろうよ。何しろ、これから始まる一連の計画のために、どうしても失敗できないという。それに」雷夜は声を低くした。「これは、高村さまがお前を信頼している証拠なんだよ」

「…………」

息を呑む鳴石に向かって、雷夜はこの計画を伝える。その話が終わると「どうだ？」と尋ねたが、

「分かった。簡単なことだ」鳴石は、肩を竦めた。「その相手と直接会えさえすれば、どうということもない。一瞬ですむ」

「そして、その後」雷夜はつけ加えた。「磯笛が仕込んでおいた人間の、フォローが入る手筈《てはず》になっている」

そして更に、雷夜は耳打ちした——。

「なるほど」と鳴石は頷く。「確かに随分とまた、慎重なことだ。しかし、どうしてあの高村さまが、そんな一介の学者と、しかもその周囲の人間たち如きを？」

「分からん」雷夜は首を振った。「俺もそう思って磯笛に訊いたんだが、どうやらあいつも分かっていないらしい」

「磯笛でもか」

「だがそんな理由など、どうでも良い。俺たちは、高村さまの命令をきちんと実行に移せばな」

「確かに、そういうことだ」鳴石は、黄色い目を光らせる。「むしろ、余計な詮索《せんさく》は無用。磯笛も、そう言っていただろうな」

ああ、と雷夜は首肯した。

「つまらぬ考えに時間を費やしている暇があったら、少しでも高村さまのために働け。それができぬなら、くだらぬ人間どもと共に、死ねと」

「相変わらず、恐ろしい女だ」鳴石は苦笑した。「どうだ。磯笛は、まだ女子高生のままだったか？」

「絵に描いたように美しい、な」雷夜も苦笑いする。「本人に言ったら殺されそうだが、あ奴はきっと、人魚の肉でも食らったに違いない。何しろ、十年で一歳ほどしか年を取らんようだからな」

「実に羨《うらや》ましい」鳴石は笑うと、「それと、例の白狐も相変わらずだったか。確か……白夜と言った」

「磯笛の背後に座っていたが」と、雷夜はおどけるように肩を竦めた。「恐ろしくて、とても目を合わせられなかった」

その言葉に鳴石も、くっくっく……と笑った。

6

明治神宮は、大正九年(一九二〇)、三百七十万大都市であった東京の中心に、明治天皇と昭憲《しょうけん》皇太后を祀る神社として創建された。

もともとこの場所は、彦根《ひこね》藩・井伊《いい》家の広大な屋敷《やしき》であった。それが明治維新後に、政府の御料地として整備されたのだが、長い間、その大部分は荒れ地同様の状態だった。

しかし、明治天皇崩御後に大きく開拓され、現在のような総面積約七十ヘクタール――東京ドーム約十五個分の土地に、日本全国からの献木十万本が植林されて都内有数の神聖な杜となり、そこに現在の神宮が鎮座したのである――。

範夫と笛子は、原宿方面から神宮第一鳥居をくぐり、南参道をゆっくり歩く。平日だというのに、相変わらず人出が多い。特に最近は外国人観光客の姿が、かなり増えてきているようだった。そして彼らには、神宮内の広大な菖蒲田《しょうぶだ》の庭園巡りはもちろん、日本全国から奉納《ほうのう》された二百以上の酒樽《さかだる》が飾られているその前での写真撮影が人気らしい。

範夫は、大きく深呼吸する。

都心とは思えないほど、空気が澄んでいた。原宿駅で山手線のドアが開いただけでも、神宮の杜の香りが流れ込んでくるほど緑が濃い。範夫たちは、その真ん中を歩いているわけだから、心地好いのも当然だ。

やって来て良かった、と範夫は思う。

ほんの少し……僅《わず》か数ミリだけ、心が癒《い》やされた気がする。

そして、隣には笛子がいてくれている。あのまま部屋に帰っていたら、今ごろは間違いなく、いつ終わるとも知れない鬱々とした時間の真っ只中《ただなか》に身を置いていただろう。声をかけてくれた笛子に感謝していた。

「それで」と言って笛子は、範夫に半歩近づいてきた。「さっきのお話の続きなんですけど——」

渋谷からここまでの道程で、範夫は簡単に今日の出来事を笛子に伝えたのだ。しかし笛子は、もっとその詳細を知りたいらしかった。

「何か、刑事さんが不審がっていたって……」

うん、と範夫は、埃《ほこり》っぽい参道を歩きながら頷いた。

「きっと、あの刑事の考えすぎだと思うよ。ちょっと神経質そうな顔つきの男性だったから」

「ちなみに、どんなところがおかしいと？」

「屋上に出る扉に、鍵が掛かっていなかったんだって。でも、オーナーも管理会社も、間違いなく掛けてあったって主張しているらしいけど、多分どちらかが掛け忘れたんだと、ぼくは思うよ。特に管理会社なんかが掛け忘れたりしていたら、自分たちの責任問題になっちゃうからね」

「ひょっとして」笛子は範夫を覗き見た。「誰かが、その扉の合い鍵を作っていたという可能性はないんですか？」

「ビルの屋上へ出るためだけの扉の合い鍵なんて、誰がわざわざ作るんだ？　おかしいよ」

「確かにそうですよね」

笛子はコクリと頷き、二人は綺麗に並べられた酒樽と、神社には珍しいワインの樽が陳列されたその前を通り過ぎると、第二鳥居——大鳥居の前に立った。樹齢千五百年ともいわれる檜《ひのき》で造られた高さ十二メートルのこの明神《みょうじん》鳥居は、もちろん国内最大だ。そして、南北の参道がこの鳥居の前で合流し、それぞれ左右に九十度折れて、さらに進んでゆく。

二人は鳥居をくぐると、再び肩を並べて歩く。すると笛子が、

「でも……」と尋ねてきた。「たった、それだけの理由で疑っている？」

「いや」範夫は首を振る。「まだあるらしいんだ」

「遺書がなかったからとか」

「いや。現実的には、発作的に飛び降りてしまう場合も多々あるようだから、それは余り気にしていなかった」

「じゃあ、何なんですか」

「屋上に、小動物の足跡があったんだって。猫か小犬のような」

「小動物？」笛子は笑う。「でもそれは、遼子さんの自殺と何の関係もないじゃないですか」

「もちろんそうなんだけど、何となく引っかかるって言ってた」

ふうん……と笛子は、可愛《かわい》らしい朱色の唇を尖らせたが、

「ああ」と大きく頷いた。「私、分かりました！」

「えっ」

「きっと、真相はこうです。鍵を掛け忘れたのは、そのビルに住んでいる誰かです」

「住んでいる人？」

「おそらくその人は、オーナーや管理会社に無断で、こっそりペットを飼っていたんでしょう。そして、扉の合い鍵を作って屋上で遊ばせていた」

「なるほどね」範夫は納得する。「でも、屋上で遊ばせるなんて、それこそちょっと危ない気もするけど……」

「都会には、色々な人がいますから。何を考えているかなんて、人それぞれです」

「そう……かも知れないね」

自分だって、遼子の心の奥底までは分からなかったのだ。

そう思って、範夫は口籠もった――。

二人は、参道を再び直角に折れる。

その正面には、手《て》水舎《みずや》と第三鳥居があり、その鳥居をくぐれば南神門と、「縁結び・夫婦円満」の夫婦楠《めおとくす》、その背後に広い間口の拝殿と本殿が鎮座している。

範夫たちは、手水舎で手と口を清めると第三鳥居をくぐった。正式には「参道」はここまで。この先は、いわゆる玉垣内《たまがきうち》だ。

一歩踏み出した時、範夫はふと、変なことに気づいた。こんな精神状態のせいかも知れない。普段ならば何とも思わないようなことだった。

「今まで特に気にしていなかったけど……」

と言って振り返る。

「どうしてこの神宮の参道は、こんなに何回も折れ曲がっているんだろう」

「え？」

不思議そうな顔で見る笛子に、範夫は言った。

「参道だよ。全部が、ほぼ九十度に折れ曲がってる。北と南の参道はもちろん、西参道だって最後は直角に曲がらないと、本殿に参拝できない」

「そう……ですね」笛子も、辺りを見回した。「でも、そんな神社なんて、日本全国どこにでもありますよ。特に、珍しいことではありません」

「そうかも知れないけど」範夫も周囲を見る。「他の神社はともかくとして、ここはもともと野原――というより、一面の荒れ地だった。だから、本殿に向かって一直線の太い参道でも何でも、造ろうと思えばいくらでも可能だったはずだし、そうするのが当然じゃないか」

そう言われれば、と笛子も可愛らしい唇を尖らせて頷いた。

「……その通り。不思議ですね。でも、きっと色々な都合があったんですよ」

「どんな？」

「私には分かりません――」

と言ってから絵のように微笑むと、何気なくサラリと範夫の腕を取った。

「いいじゃないですか。そんなことより、もう少しお話をしてください」

「あっ、ああ……」

範夫は、あわてて腕を外すと、咳《せ》き込《こ》みながら笛子に尋ねた。

「ど、どうする？　せっかくだから、清正井《きよまさのいど》でも見る？」

清正井は、戦国時代の武将・加藤清正《かとうきよまさ》が掘ったとされる井戸だ。決して水が涸《か》れることがないので、今や都内で一、二を争うパワースポットとなっている。

しかし笛子は、

「いいえ、結構です」と首を振った。「私は、そういった場所に余り興味はないので。それより、もっと範夫さんのお話をお聞きしたい」

笛子の大きな黒い瞳が範夫を——範夫の心の隙間《すきま》を射る。

思わず、ドキリとしてしまった範夫に近づくと、

「もっと、色々と伺いたいんです」

「そ、そう……」範夫は、目を瞬かせた。「じゃあ、もう少し歩こうか。それとも、休憩所でお茶でも」

「菖蒲田を、ぐるりと歩きませんか？　そろそろ季節も良いし」

「あ、ああ……そうだね」

範夫は答えると、並んで歩きだす。しかし、笛子の態度や言葉が心をざわつかせて落ち着かない。いや、普段だったら笑ってすませられるのだろうが、今は範夫自身の心が揺らいでいる。とても無言のまま歩き続けられなくなった範夫は、

「そ、そういえば」と余計な話をした。「さっきの、小動物ということなんだけど、刑事に変なことを訊かれたんだ」

「どんなこと？」

「遼子さんが、毛皮製品を持っていなかったかってさ」

「毛皮って、どうして？」

ああ、と範夫は言った。

「屋上の扉の辺りに、狐の毛が何本か落ちていたんだって」

「狐？」笛子は笑った。「まさか」

「いや、本当らしい。といって、少なくとも遼子さんは、そんな物を持っていなかったはずなんだ。でも——」範夫は視線を上げた。「さっきのきみの話が正しいと仮定すると、屋上にこっそりと出入りしていた住人の持ち物だった可能性もあるしね」

「あるいは、本物の狐を飼っていたとか」

「さすがにそれは、あり得ないよ」範夫は笑った。「話に聞くと、あいつらの牙や爪《つめ》は、ぼくらの想像以上に鋭いらしいしね。第一、そんな簡単に人になつかないようだから」

「そうですよね」

笛子は微笑み、二人はようやく咲き始めた菖蒲を眺めながら、緑の中を歩いた。

範夫は、横目で笛子をチラリと眺めながら思う。

今日は笛子と話ができて良かった。ほんの僅かだが、心が癒やされた。この酷いショックから、少しだけ抜け出せた。

それは間違いなく、隣を歩く笛子のおかげで——。

「え？」

突然、笛子の蠱惑的な瞳が範夫を捉えた。

「何か、おっしゃいましたか」

その言葉に、ハッと我に返った範夫は、

「あっ」あわてて答える。「い、今、ぼくは何か言った？」

「いえ」と笛子は首を傾げた。「独り言《ひとごと》のようなことを」

「い、いや、何でもないんだ。ゴメン」

顔を赤くして謝る範夫に向かって、笛子はただ、クスッと微笑んだだけだった。そんな可愛らしい仕草《しぐさ》を眺めながら、

「つ、つまり」と範夫は、口籠もりながら言った。「遼子さんが、自分の心の中にそんな闇を抱えていたなんて、全く気づかなかったから。ぼくは、ダメな男だったなってね」

「人の心なんて——」笛子は笑った。「誰にも分かりません。おそらく自分だって、分からない。それを、お互い分かり合えたという虚構の上に、人間関係が作られているだけです。範夫さんだって、今まで誰に対しても口にしていないような秘密が、おありでしょう」

「う、うん」範夫は、素直に頷いた。「もちろん、あるさ」

「それと同じです」

「ちなみに、きみは？」

私？　と笛子は範夫を見ると、

「いくらでもありますよ」と微笑む。「というより、遼子さんの研究論文だって、秘密の分野でしょう。範夫さんは、詳しくご存知でしたか？」

「ある程度はね……」

遼子の面影《おもかげ》が頭に浮かんで、少し顔をしかめながら答える範夫に、

「今度、父も交えて、お話ししましょうか」と笛子は言う。「お時間の都合の良い時にでも」

「そうだね。遼子さんも、きみのお父さんの意見を聞きたがっていた。でも、聞けずじまいだった」

「じゃあ、今度は範夫さんが、その遺志を継がないと」

「遺志……というほど、しっかりとした物でもないけど、でも、ぼくも個人的にお会いしたいな」

「ええ。ぜひ」

「それで」と範夫は尋ねる。「きみのお父さんは、結局何をしている人なの。学者？それとも研究者？」

「日本の歴史の研究家――でしょうか。但し、それを職業にしているわけではありません。単なる、素人です」

「でも、色々と詳しそうな人じゃないか」

「それを言ったら、範夫さんの大学には、潮田教授がいらっしゃるじゃないですか。教授の方が詳しいですよ。お話をされたら良いのに」

「もちろん、教授にも聞きに行くつもりだよ。だけど、その前にきちんと下調べをしてからじゃないと、とても会えない。凄く、恐い人なんだから」

「私の父も、とても恐いですよ」笛子は、ニヤリと微笑んだ。「嘘や失敗は決して許さない厳格な人なので、会うたびに、背すじが凍《こお》りつくかと思うくらい緊張するの」

「それは凄いね」その言葉を軽い冗談だと受け止めた範夫は、笛子を見て笑った。「閻魔大王《えんまだいおう》のようだな」

「閻魔大王ではないんですけど、小野篁《おののたかむら》の子孫だって。小野篁はご存知ですよね」

「もちろん！」

範夫は驚く。

篁は、平安時代の学者で、歌人で、従三位《じゆさんみ》・参議にまでなった人物だ。単なる貴族に留まらず、遣唐使を拒《こば》んだり、当時の嵯峨《さが》天皇にもきちんと意見を言ったり、隠岐《おき》に配流されたりもした。あらゆる意味で非常な反骨精神を持っていた男だったために「野宰相」「野狂」とも呼ばれた。ちなみに『百人一首』に載っている、

わたの原　八十島《やそしま》かけて漕《こ》ぎ出《い》でぬと
　人には告げよ　あまの釣船

の歌は、承和《じょうわ》五年（八三八）十二月十五日、篁が配流された時の歌だ。

しかし、何より有名なのは、京都・六道珍皇寺《ろくどうちんのうじ》の井戸から、毎夜毎夜、地獄へ通っていたという伝説だ。そして閻魔に仕えて、人の生き死にさえも操ったという。

ちなみに、篁の子孫には小野道風《おののとうふう》や小野小町がいるとされる――。

「ということは」範夫は驚いて、まじまじと笛子の顔を見つめた。「きみも篁の？」

いいえ、と笛子は首を振った。

「父とは、血が繋がっていないんです」

「えっ」

「私は」笛子は悲しそうな顔で言った。「自分の両親を知らないんです。物心ついた頃から、今の父に育てられていました」

「そう……なのか」範夫は、あわてて謝った。「ゴメン。つまらないことを訊いてしまって」

「いいえ、平気です」

笛子は顔を上げて微笑み、黒髪がサラリと流れた。

人は誰でも、さまざまな「闇」を抱えて生きているのだ。そんな当たり前のことを範夫は改めて感じ、遼子のいない喪失感と同時に、少しずつ笛子に対する憐憫《れんびん》の情も覚え始めていた……。

二人は第一鳥居まで戻ると、そのまま神宮を出た。

そして範夫は、笛子と原宿の駅で別れることになった。

駅へと向かう神宮橋を渡る範夫の胸に、淋《さみ》しい風が吹き込んでくる。また、一人の時間がやって来る……。

少し落ち込んでいた範夫の頭に、変な疑問が唐突に浮かんだ。今日は、いつもと違って何かがおかしい。

範夫は笛子に言う。

「そういえば、明治神宮の祭神は、明治天皇と昭憲皇太后だったよね」

「え……」

急な問いかけに少し驚いて、

「は、はい……」笛子は答える。「それが、何か？」

「どうして『昭憲皇后』ではないんだろう」

「えっ」

「だって『皇太后』は『前の天皇の皇后』という意味の称号じゃないか。でも昭憲は、明治天皇皇后だ。おかしいよ」

「そう言われれば……」

「今のままの表示では、この神宮に祀られているのは、明治天皇と、そして一代前の天皇の皇后、ということになってしまう。どういうことだろう？」

首を傾げる範夫を見ながら、笛子は立ち止まる。そして、

「そんなことも、父に訊いてみます」と言いながら、範夫を正面から見つめた。「ですから……また、会っていただけますか？」

「えっ」

「すみません。こんな時に、変な我が儘《わがまま》を」申し訳なさそうに、そして少し恥ずかしそうに言った。「こんな私で良ければ、またお話を聞かせてください」

「きみでよければ……って」

「ダメでしょうか」

「い、いや！　そんなことはないよ」

「じゃあ、ご連絡して良いですか！」

「も、もちろん……」

「ありがとうございます」笛子は嬉しそうに笑うと、軽く範夫の手に触れた。「また改めて、電話します」

呆然と立ちつくす範夫を残したまま、笛子は夕暮れ近い風に黒髪をなびかせるように何度も振り返りながら、駅の人混みの中に姿を消して行ってしまった。

後日。

範夫のもとに笛子から連絡が入り、二人で会うことになった。

その時は、横浜だった。笛子の知り合いが経営している、レストランバーに二人で行き、色々な話をした。笛子は未成年ということでアルコールは飲まなかったが、範夫は飲んだ。そして、酔っ払って夜の山下公園を歩いた。腕を組みながら。

範夫は、遼子を失ってしまった大きな傷を、笛子によって少しずつ癒やされていった。

潮田教授は相変わらずのようだったが、研究室の関係者を巻き込んだ事件は、区内に生息している野犬が犯人だろうということで収束した。

脅迫めいた例の手紙に関しても、特に事件との関連性が見られなかったため、たまたま二人、連続して襲われてしまったのだろうという結論だった。

突然、親しい二人を失ってしまった遼子は、それ以降かなり落ち込んでいたことが同僚たちに確認されている上に、研究の上でも何か酷く悩んでいたようなので、あの日発作的に投身自殺――。

人々が野犬に襲撃される事件も、それ以降は全く起きなかったので、世間の人誰もが徐々に事件のことを忘れていき、範夫もいつしか、笛子と交際するようになった。

それは、天橋立の事件より一年半ほど前のことだった――。

エピローグ

潮田教授たちを乗せた小型の観光バスが若狭湾に転落したことを見届けると、磯笛は民家の陰に停《と》めてある一台の車に向かって歩き始めた。

それにしても、図ったようにぴったりのタイミングだった。雷夜の「力」によって横腹を押された乗用車が観光バスに向かって突っ込み、そのショックで鳴石の「術」が、運転手の息の根を止めた。そして、運転手に代わってハンドルを握ろうとした潮田に、範夫が背後から飛びついて制した——はずだ。

おかげで観光バスは、若狭湾から最も高さのある辺りで、低いガードレールを乗り越え、海へと転落していった。その際に、あれだけ何度も横転を繰り返していたから、おそらく誰一人、命が助かった人間はいないはず。

「さようなら。お疲れさま……」

磯笛は、すでにあの世へと旅立っているであろう範夫に向かって呟いた。

「今まで、ありがとう。感謝してるわ」

それは本心だった。

但し、それもこれも全て高村皇のためだったが。

磯笛は、ほくそ笑みながら歩く。誰もが事故に気づいたのだろう、辺りは急に騒々しくなってきた。もうすぐ救急車やパトカーのけたたましいサイレン音が響き渡り、この道は通行止めになる。そうなる前に出発してしまおう。

磯笛は足を速めて車に辿《たど》り着《つ》くと、運転席では綱手《つなで》が、エンジンをかけて待っていた。磯笛たちほどの「力」は持っていないが、常に協力してくれる中年の女性だ。

磯笛が乗り込むと、綱手はすぐにアクセルを踏み込み、天橋立方面に向かって飛ばす。思った通り、遠くから救急車のサイレン音が波風に乗って聞こえてきた。しかし、もう遅い。

「それで、どうだったんですか？」

横目で尋ねてくる綱手に向かって、磯笛が全て計画通りに運んだと伝えると、

「おめでとうございます」と綱手は微笑んだ。「でもまあ、よくあんな頑固爺《じじい》の教授が、こんなツアーなんて計画しましたねえ。いえ、もちろん高村さまや磯笛さんのお力とは思いますけれど」

磯笛は、綱手のこの饒舌《じょうぜつ》さは好きでなかったが、今日は素直に頷いた。

「潮田は、これで終わりだと思ったのよ。自分の研究も、そして人生も。だからせめて最後に、熱心な読者や後継者たちに向かって、自分の全てを伝えようと考えた」

「身近な助手さんたちが、次々に亡くなってしまいましたものねえ。それで、こんな決心を」

綱手は、ハンドルを握ったまま頷いたが、このツアーは実質上、高村が提案し、磯笛が計画を練り、そして範夫が潮田に強く勧めたのだ。その時点では、さすがの潮田も自分の研究が止まってしまっていた。だがそこに、将来有望な、しかも遼子とも縁のある範夫が——磯笛と共に——やって来て、必死に説得した。このままではいけない。せめて、潮田を信奉している人たちにだけでも、全てを伝えるべきだと、応援し、励《はげ》まし、鼓舞して本を出版させ、何とかここまで漕ぎ着けた。

この、地獄の果てまで……。

同時に、範夫も「洗脳」した。もうこれ以上、遼子のような犠牲者を出してはいけない。本人には言えないが、潮田の研究は、今まで積み上げられてきた日本の歴史の否定であり、そんなことをしても何の利益も生まない。だからきっと、広岡や藤本や、そして遼子の死は「神罰」だ。神が怒っているのだ。潮田のやっていることは、日本のためにならない、と。

磯笛は範夫に何度もそう話し聞かせ、そして最後には「父」の秘書として、鳴石に会わせて――「術」を掛けさせた。

「きっと」綱手は言った。「この計画の裏には、さまざまなことがあったんでしょうね。いえ、私は聞きません。おそらく、知らないままでいる方が良いに決まってますから」

さすがに、その辺りの「鼻」は利くらしい。

そう。彼女は、何も知らない方が良い。

磯笛は、心の中で苦笑しながら、細い湾岸線の道を必死に飛ばしてすれ違う救急車やパトカーを、そして、その向こうに広がる若狭湾を見た。空にかかった厚い雲の隙間から、数本の光が差し込み、海面にキラキラと反射している。

実に神々しい点景だ。

この美しい日本のために、高村は今回の、そしてこれからの計画を実行しようとしているのだ。そして、まず一つ大きな障碍《しょうがい》を取り除くことができた。これからはじっくりと腰を据えて、計画を進めれば良い。

実を言うと磯笛は当初、この高村の指示を不審に思っていた。

なぜならば高村の目的は、あくまでも現代の歪んだ国を正し、古代からの美しい日本に戻すというものだったはずだからだ。多くの山々が火を噴き、地下に棲《す》むナマズたちが自由に動き回り、天からはしばしば龍——神鳴りが降り、地上では無数の怨霊たちが自在に跋扈《ばっこ》する日本。素晴らしい国に。

そのためには、むしろ天皇制は邪魔なのではないかと思った。

というのも、天皇の最たる仕事は「魂鎮《たましず》め」だからだ。日本全国に封じられ、祀り上げられている怨霊たちの怒りを鎮め続けること、それが天皇家存続の第一義のはずだからだ。

そしてここで、潮田や遼子の考えているような、天皇家の根本を揺るがせるような論が出てきた。それが、実は天皇家は千七百年もの昔から、既に「女系」になっていたという説だ。

この話を遼子から聞いた時、さすがに磯笛も耳を疑ったが、良く考えれば自分たちの計画にとっても好都合ではないかと感じた。この話が本当であれば、天皇家の歴史が揺らぎ、天皇制を貶めることになる。日本最大唯一の「魂鎮め」の家系である天皇家の存在が、殆ど無価値になる。

しかし。

高村は逆に、この説を抹消しようとしたのだ。

何故そんなことを？

それが、今までずっと抱いていた疑問だった。

だが——。

ここにきて、ようやくその意図がつかめた。

実に愚かだった。

高村はもう一歩先まで、そしてもう一段深く考えていたのだ。

磯笛は、恥じ入るように苦笑した。

遠い昔。力ずくで天皇制を廃止させる、あるいは乗っ取ろうとした人間が存在したが、結局は不可能だった。皇室関係者はもちろん、民衆から全く支持されなかったからだ。

それほどまでに天皇家は、日本人にとって必要不可欠な存在になっている。普段はそれほど意識していないが、まさに空気や水のように、万が一にでも失ってしまったら、日本国の全てが瓦解《がかい》してしまうかも知れないと思わせるほどに、愛されている。

こんな状況で、遼子たちの言う「女系天皇説」が流れたらどうなるか？

当然、最初は反発があるだろう。遥か昔から多くの人々が必死に否定してきた歴史であり、水戸光圀までもが頑迷に隠し通そうとした黒い歴史なのだから。

しかし、今言ったように、日本人にとって天皇家は必須《ひっす》。

たとえ「女系天皇」を認めないからといって「では、天皇制を止めよう」という話には絶対にならない。結局、大騒ぎするのは政府関係者や一部の知識人たちだけ。

一般大衆は「女系容認の天皇家存続」か「女系否定による天皇家廃止」かと迫られれば、間違いなく、女系天皇を容認する。彼らは心が広く鷹揚だ。「それほど昔から女系天皇だったのならば、これからもそのまま、女系でも構わないではないか」という話の流れになる。

となれば、怨霊を封じ込めている、日本最高の家系である天皇家は、何事もなくこのまま存続してしまう。

それは、高村や磯笛たちにとって非常に都合が悪い。

では、そんな天皇家断絶のためには、どうしたら良いのか？

その答えは簡単だった。

何もしない、こと、、、

高村は、そう考えた。

理由は単純で、古代は確かに「女系天皇否定」で天皇家の存続に、何の支障もなかった。というのも、中宮——つまり皇后の他に、大勢の女御や更衣——側室がいたため、子孫が絶える心配はなかったからだ。しかし現代では一夫一妻制が常識となり、男系子孫の存続が危うい状況になっている。

むしろこの状況で「女系天皇否定」は、天皇家の衰退に直結する。両手と両足を縛って、山を登り続けろというようなものだ。いずれは、間違いなく滑落する。

そしてまさにそれは、高村の目的と見事に合致している。「天皇制」は決してわが国から消滅することはないだろうし、力ずくで消し去ることも無理ならば、どうしたら良いか。

それは、長い時間をかけて衰退させ、やがて消滅させること。

皆が気づいた時点では、間違いなく遅きに失している。

万が一、消滅までは到《いた》らなかったとしても、対外的な公務が大きな負担となっている皇室は、宮中での「祭祀《さいし》」どころではなくなるだろう。

磯笛たちにとっては、それでも構わない。怨霊が跋扈しやすくなるからだ。

もしかすると、この「女系天皇否定」は、近代に入って高村皇と同じようなことを実行しようとした何者かが考え出した「秘策」だったのではないか。そんなことまで勘ぐってしまうほど、周到に用意された罠《わな》……。

故に、もしも天皇制を存続させようと真剣に考えていたならば、明治に入った時点で「女系天皇否定」か「一夫一妻制」の、どちらかを捨て去るべきだったのだ。

しかし、何故かそれができなかった。

これはもしかすると、以前に範夫と行った明治神宮の話の中に出た、いくつかの疑問点と直結するのか。それは分からなかったが……。

磯笛は、遠く青い海を眺めた。

きっと、これから進んで行くはずの計画のためには、もう少し準備期間が必要だろう。しかし潮田や、彼の取り巻きたちが消えたことで、ゆっくりと作戦を練ることができる。そして、自分は高村と共にその計画を実行する。そう考えただけで、磯笛の胸は熱く鼓動した。

明るい未来への興奮を抑えるかのように、磯笛は助手席のシートに深々と体を預けると、静かにまぶたを閉じた。

もう自分は、命もいらない。

高村皇に全てを捧《ささ》げたのだ。

しかしそれはこの国のため。

封印されている神々のため。

全ての怨霊たちのため――。

八年後――。

今日はこれから、どうしようかな。

中間試験も終わって、あとは夏休みを待つばかりで何の予定もない。

辻曲摩季《つじまがりまき》は、夏本番へと向かう空を見上げると、学生カバンを手に由比《ゆい》ヶ浜《はま》女学院の門を出た。

由比ヶ浜からの潮風が、栗色《くりいろ》の髪をキラキラと梳《と》かしてゆく。

強い陽射《ひざ》しが、摩季の鳶《とび》色の瞳に眩《まぶ》しい。夏は苦手だ。そもそも、摩季は生まれつき色素が薄いのだ。

などと、自分の体質に八つ当たりしながら、このまま渋谷まで出て、久しぶりに兄――了《りょう》のカレーショップにでも顔を出してみようかと考える。滅多にないことだけど、もし混んでいたら手伝ってお小遣いをもらえるし、空いていたら兄の手作りのシャーベットでもごちそうしてもらおう。

そんな勝手なことを思いながら、摩季は若宮大路《わかみやおおじ》をゆっくり歩く。このまま行けば、鎌倉駅。後ろへ戻れば由比ヶ浜と材木座《ざいもくざ》海岸だ。

平日の午後だというのに、今日も相変わらず人出が多い。

入学式の時に聞かされた「毎月百五十万人を超える観光客が訪れる」という観光地――古都・鎌倉だけのことはある。特に鶴岡八幡宮《つるがおかはちまんぐう》に向かうこの通りは、いつも混雑している。

その人混みの中、セーラー服のリボンをなびかせて摩季は歩いて行く。

すると、目の前を歩いている一人の女学院生の姿が目に留まった。

チラリと見える色白の横顔と、背中までの長い艶やかな黒髪は、半月ほど前、隣のクラスに転校してきたばかりの女子だ。まだ口をきいたことはない。

名前は確か……大磯笛子といったか。摩季の家と同じように、かなりの旧家の子女らしいという噂は耳にしていた。

摩季は、特に意識することもなく、彼女の少し後ろを歩く。

ところが、一の鳥居を過ぎた辺りから、笛子の様子が少し変わった。いや、どこがおかしいというわけではないが……何か微妙に違う。急に辺りを気にし始めた。

やがて笛子は急に足を速めると、たまに後ろを振り返りながら若宮大路に架かる歩道橋を渡り、細い路地に入って行った。

彼女も鎌倉駅を利用しているらしいから、どこかに寄り道するつもりなのだろう。実際、校則を無視して帰り道で遊ぶ生徒もいるから、彼女がそうだとしても何の不思議もない。でも、ちょっと興味を惹かれる——何となく。

そこで摩季も歩道橋を渡り、こっそり後を追うことにした。

すると笛子は、ますます足を速めて路地の奥へと進んで行く。このまま行くと滑川《なめりかわ》を渡るはず。由比ヶ浜と材木座海岸の間を、相模《さがみ》湾へと流れ込んでいる川だ。

予想通り、笛子は滑川に架かった橋を渡る。少し遅れて摩季も渡った時、ふと欄干に目をやった。するとそこには「閻魔橋」と彫られていた。詳しい話はもう忘れてしまったが、そういえば昔、この辺りに「閻魔堂」と呼ばれる建物があったという話を、おぼろげに思い出した。

笛子は長い黒髪を揺らしながら、さらに進む。

やがてその先に、それほど大きくはない朱色の明神《みようじん》鳥居が見えた。

〝ふうん、ここに出るのか……〟

摩季は辺りを見回した。

元八幡——元鶴岡八幡宮の鳥居だ。

この神社は名前の通り、鶴岡八幡宮の元。つまり鶴岡八幡宮は、ここの祭神を現在の地に勧請《かんじょう》して新たに造られたのだと日本史の授業でも習った。もしかすると昔は、この辺りが鎌倉の中心だったのかも知れない。地元の同級生の話によれば、あの芥川《あくたがわ》龍之介《りゅうのすけ》も一時期、この辺りに居を構えていたというのだから。

一方、笛子は鳥居をぐって境内に入って行く。

境内といっても、もちろん鶴岡八幡宮と比べるべくもない。こちらの八幡宮は、町や村の鎮守《ちんじゅ》様という程度の規模だ。

〝ここにお参りに来ただけだったのね〟

なあんだ、と思って摩季は、鎌倉駅に向かうことにした。わざわざ後をつけるまでのこともなかったのだ。バカみたい。

そう思って振り返った目の端《はし》に、小さな社殿の前に立つ笛子の後ろ姿が見えた。その瞬間、彼女の手元がキラリと光った。

えっ、と見直した摩季は、

〝まさか……あれは！〟

自分の目を疑う。

〝でも、どうして彼女があんな物を――〟

もう一度確認しようと身を乗り出したその時。

後頭部に雷が落ちたような激しい衝撃を受けて視界が真っ暗になった。

由比ヶ浜に波乗りに来たサーファーたちが、まるで魂を吸い取られてしまったような状態で防波堤にもたれかかっている摩季の姿を発見したのは、それから数時間後のことだった。

参考文献

『古事記』次田真幸全訳注／講談社
『日本書紀』坂本太郎・家永三郎・井上光貞・大野晋／岩波書店
『続日本紀』宇治谷孟／講談社
『風土記』武田祐吉編／岩波書店
『日本史広辞典』日本史広辞典編集委員会／山川出版社
『神道辭典』安津素彦・梅田義彦編集兼監修／神社新報社
『帝諡考』森鷗外／岩波書店
『歴代天皇総覧』笠原英彦／中央公論新社
『日本架空伝承人名事典』大隅和雄・西郷信綱・阪下圭八・服部幸雄・廣末保・山本吉左右編／平凡社
『日本伝奇伝説大事典』乾克己・小池正胤・志村有弘・高橋貢・鳥越文蔵編／角川書店
『画図百鬼夜行』鳥山石燕／高田衛監修／稲田篤信・田中直日編／国書刊行会
『隠語大辞典』木村義之・小出美河子編／皓星社

『鬼の大事典』沢史生／彩流社
『名前でよむ天皇の歴史』遠山美都男／朝日新聞出版
『解読「謎の四世紀」』小林惠子／文藝春秋
『神功皇后を読み解く』山田昌生／国書刊行会
『古代丹後王国は、あった』伴とし子／東京経済
『卑弥呼の孫　トヨはアマテラスだった』伴とし子／明窓出版
『真説　邪馬台国　天照大御神は卑弥呼である』安本美典／心交社
『逆説の日本史』井沢元彦／小学館
『応神天皇の正体』関裕二／河出書房新社
『住吉大社神代記の研究』田中卓／国書刊行会
『日本の古社　住吉大社』三好和義・岡野弘彦ほか／淡交社
『元伊勢の秘宝と国宝海部氏系図』海部光彦編著／元伊勢籠神社社務所
『古代海部氏の系図〈新版〉』金久与市／学生社
「元伊勢籠神社御由緒略記」元伊勢籠神社

この作品は完全なるフィクションであり、
実在する個人名・団体名・地名等が登場することに関し、
それら個人等について論考する意図は全くないことを
ここにお断り申し上げます。

高田崇史オフィシャルウェブサイト『**club TAKATAKAT**』
URL：https://takatakat.club/　管理人：魔女の会
Twitter：「高田崇史@club-TAKATAKAT」
Facebook：「高田崇史Club takatakat」　管理人：魔女の会

『軍神の血脈　楠木正成秘伝』
（以上、講談社単行本、講談社文庫）
『毒草師　白蛇の洗礼』
『QED ～ortus～　白山の頻闇』
『QED　憂曇華《うどんげ》の時』
『古事記異聞　鬼棲む国、出雲』
『古事記異聞　オロチの郷、奥出雲』
『試験に出ないQED異聞　高田崇史短編集』
（以上、講談社ノベルス）
『毒草師　パンドラの鳥籠』
（以上、朝日新聞出版単行本、新潮文庫）
『七夕の雨闇　毒草師』
（以上、新潮社単行本、新潮文庫）
『卑弥呼の葬祭　天照暗殺』
（以上、新潮社単行本、新潮文庫）
『源平の怨霊　小余綾《こゆるぎ》俊輔の最終講義』
（以上、講談社単行本）

《高田崇史著作リスト》

『QED　百人一首の呪《しゅ》』
『QED　六歌仙の暗号』
『QED　ベイカー街の問題』
『QED　東照宮の怨《えん》』
『QED　式の密室』
『QED　竹取伝説』
『QED　龍馬暗殺』
『QED ～ventus～　鎌倉の闇《くらやみ》』
『QED　鬼の城伝説』
『QED ～ventus～　熊野の残照』
『QED　神器封殺』
『QED ～ventus～　御霊将門』
『QED　河童伝説』
『QED ～flumen～　九段坂の春』
『QED　諏訪の神霊』
『QED　出雲神伝説』
『QED　伊勢の曙光』
『QED ～flumen～　ホームズの真実』
『QED ～flumen～　月夜見《つくよみ》』
『毒草師　QED Another Story』
『試験に出るパズル』
『試験に敗けない密室』
『試験に出ないパズル』
『パズル自由自在』
『千葉千波の怪奇日記　化けて出る』
『麿の酩酊事件簿　花に舞』
『麿の酩酊事件簿　月に酔』
『クリスマス緊急指令』
『カンナ　飛鳥の光臨』
『カンナ　天草の神兵』
『カンナ　吉野の暗闘』
『カンナ　奥州の覇者』
『カンナ　戸隠の殺皆』
『カンナ　鎌倉の血陣』
『カンナ　天満の葬列』
『カンナ　出雲の顕在』
『カンナ　京都の霊前』
『鬼神伝　龍の巻』
『神の時空　鎌倉の地龍』
『神の時空　倭の水霊』
『神の時空　貴船の沢鬼』
『神の時空　三輪の山祇』
『神の時空　嚴島の烈風』
『神の時空　伏見稲荷の轟雷』
『神の時空　五色不動の猛火』
『神の時空　京の天命』
『神の時空　前紀　女神の功罪』
(以上、講談社ノベルス、講談社文庫)
『鬼神伝　鬼の巻』
『鬼神伝　神の巻』
(以上、講談社ミステリーランド、講談社文庫)

●この作品は、二〇一七年九月に、講談社ノベルスとして刊行されたものです。

|著者|高田崇史　昭和33年東京都生まれ。明治薬科大学卒業。『ＱＥＤ 百人一首の呪』で、第９回メフィスト賞を受賞し、デビュー。歴史ミステリを精力的に書きつづけている。近著は『源平の怨霊　小余綾《こゆるぎ》俊輔の最終講義』『QED　憂曇華《うどんげ》の時』など。

神《かみ》の時空《とき》 前紀《ぜんき》 —女神《めがみ》の功罪《こうざい》—

高田崇史《たかだたかふみ》

2020年５月15日第１刷発行

発行者——渡瀬昌彦

発行所——株式会社　講談社

東京都文京区音羽2-12-21　〒112-8001

電話　出版（03）5395-3510

　　　販売（03）5395-5817

　　　業務（03）5395-3615

Printed in Japan

講談社文庫

定価はカバーに表示してあります

デザイン—菊地信義

本文データ制作—講談社デジタル製作

印刷———豊国印刷株式会社

製本———株式会社国宝社

ISBN978-4-06-519361-7

講談社文庫刊行の辞

二十一世紀の到来を目睫に望みながら、われわれはいま、人類史上かつて例を見ない巨大な転換期をむかえようとしている。

世界も、日本も、激動の予兆に対する期待とおののきを内に蔵して、未知の時代に歩み入ろうとしている。このときにあたり、創業の人野間清治の「ナショナル・エデュケイター」への志を現代に甦らせようと意図して、われわれはここに古今の文芸作品はいうまでもなく、ひろく人文・社会・自然の諸科学から東西の名著を網羅する、新しい綜合文庫の発刊を決意した。

激動の転換期はまた断絶の時代である。われわれは戦後二十五年間の出版文化のありかたへの深い反省をこめて、この断絶の時代にあえて人間的な持続を求めようとする。いたずらに浮薄な商業主義のあだ花を追い求めることなく、長期にわたって良書に生命をあたえようとつとめるところにしか、今後の出版文化の真の繁栄はあり得ないと信じるからである。

同時にわれわれはこの綜合文庫の刊行を通じて、人文・社会・自然の諸科学が、結局人間の学にほかならないことを立証しようと願っている。かつて知識とは、「汝自身を知る」ことにつきていた。現代社会の瑣末な情報の氾濫のなかから、力強い知識の源泉を掘り起し、技術文明のただなかに、生きた人間の姿を復活させること。それこそわれわれの切なる希求である。

われわれは権威に盲従せず、俗流に媚びることなく、渾然一体となって日本の「草の根」をかたちづくる若く新しい世代の人々に、心をこめてこの新しい綜合文庫をおくり届けたい。それは知識の泉であるとともに感受性のふるさとであり、もっとも有機的に組織され、社会に開かれた万人のための大学をめざしている。大方の支援と協力を衷心より切望してやまない。

一九七一年七月

野間省一